JN057472

# ベルカントと私

## イタリアでの半生

高橋 修子
TAKAHASHI Shuko

文芸社

# 目次

# ベルカントと私　イタリアでの半生

## ベルカント唱法の魅力

イタリアに世界で初めてメロドラマが生まれた十六世紀から十七世紀にかけて開花した芸術分野では音楽、絵画、建築などが究極をきわめた。これに伴って声のためのメソッド、訓練が確立され、正に〝名人技〟ヴィルトゥオーゾの域にまで達した。

ベルカントは一言で言えば美しい歌であるが、そのための歌唱法を指す。歌うための手段である。なめらかで柔和な美しい歌が歌えるための歌唱法である。

音階、アジリティ、レガート唱法、低音から高音までの均一性、アクート、ピアニッシモ、等々によって歌の表現が自由にできる総合的なメソッド、テクニックである。

この歌唱法をしっかり身につけた上で、初めて十七、十八世紀以降のものが、無理をせずに、楽に歌える。

テクニックを身につけるにはたゆまぬ訓練と、時間が必要で、これは、スポーツ、舞踊、バレエ、演劇全ての分野にいえることである。

私の経験では、この最も基本になるテクニックを、忍耐強く時間をかけて、教える人が少ないこと、すでに歌い始めている歌手が、テクニックの不足を感じて、やってきても、まずはその固くなった癖をとることから始めなくてはならず、大変な労力がかかることになる。ベルカント最盛期には、幼い頃から学校に縛り付け、十年間休みもなく、毎日訓練させたそうだ。

しかし、ここを出る頃には、皆立派に歌えるようになったそう。正に完璧に近いテクニックを身につけたそうだ。ヴィルトゥオーゾが生まれた由縁である。

約半世紀にわたってイタリアで生きてきた私の求めてきたもの、その魅力にひかれたものを、何らかの形で、歌を歌う人たちに伝えたい。

それが、この本を書きたかった本意である。

# 冒頭の言葉

人生八十年。五十年をイタリアで暮らし、求めてきたものは、ベルカント。そのさわり程度に触れることができ、新たにその大切さ、魅力にひかれています。

私は人との出会いに恵まれ、たくさんのことを与えられました。それが私の生きてきた源です。感謝していると同時に、与えられたものを返していきたい、還元していきたいという一念で、この本を書きました。

そもそも書き出して十年、最初は山ほどあるベルカントに関する文献に没頭しましたが、これに関する物は山ほどあります。ベルカントは活かしていかなければ、どんなに言葉を費やしても、文献に終わると思い、日常の生活の中で、折に触れてこの主題を取り上げてきました。

演奏家、スポーツ選手、芸術家の極みは、まず土台作りから始まり、たゆまぬ訓練、忍耐を積んで初めて表現すること、創造することができます。

歌を歌うことは自分を開放して、自由に表現できることで、苦しんだり、思うようにできなかったりということを、避けなければ、相手には通じません。自然に帰ることです。力を入れたり、喉をしぼったり、繊細な声帯に無理をかけたりすることは、自分の思うような表現ができません。それのみでなく、大切な声帯に無理がかかり、痛めてしまったら、取り返しがつかなくなります。

フィギュアスケート選手が力を入れたら、たちまち、転んでしまいます。自然にまかせる動きが大事です。アクートも力をぬかなければ、声がわれてしまいます。

自然に帰るには、無理なく、自由にテクニックを駆使できなければなりません。

日本人の歌手で、ベルカントを修得できた人は、私の知る限り、わずか、または無に近いです。国際的に活躍できるには、まず土台となるテクニックの勉強をみっちり身につけることが必要で、それがその後の歌手としての道に向かっていける唯一の鍵となります。

たくさんの若い人たちが、イタリアまたは、ドイツに勉強に来て、先生から、お前のテクニックは間違っているから、初めからやり直そうと言われます。癖がついてしまったものを元に戻す、白紙にすることは、もっと困難なことです。そんなことをしばしば耳にすると、心がいたみます。

この本がお役に立てれば、嬉しいです。

# おばあちゃんの話

私の呼ぶおばあちゃんとは祖母ではなく伯母である。六人兄弟姉妹の一番上の伯母は父の姉。そもそも父と母を結びつけたのは彼女で、編み物教室で知り合った母の姉と話しているうちに縁談がまとまった。陽気でおしゃべりで世話好き、一〇一歳まで生きた。

およそ病気をしたことはなく眼鏡の必要もなく、おしゃべりしながらも編み物、縫い物に必ず手は動かしていた。夫に早くに死なれ、娘とこれも彼女が世話した婿と四人の子どもたち（孫）と生活していたが、自分のおこづかいは自分で働いてけっして婿の世話にはならなかった。大きなデパートに手編みの手袋や子ども用品を持って行ったり、そこで編み物教室を頼まれたり、とても七十歳過ぎた人には思えないエネルギーを備えていた。婿は絵描きさんでアトリエにはしょっちゅうお弟子さんが出入りしていて、玄関先はたくさんの靴で埋まっていた。おばあちゃんはできあがった品物を昔ながらの緑色の唐草模様の風呂敷に包んで肩にしょって、着物に下駄といういで立ちでデパートに行ったりするので、口うるさい近所の人やお弟子さんなどから、なぜか気の毒がられ、婿であるおじさんも閉口していた。いかにも年寄りを働かせているというふうに思えるのだろうか。それでおじさんは近所の手前やめるように言うけれど本人は喜んで行っているのでやめない。何度言ってもやめない。そのうちにおじさんも堪忍袋の緒が切れる。つい言わなければいいことも言ってしまう。いつまで生きるつもりか？　などと。そう言われればさすがのおばあちゃんも頭にくる。初めて病気になった。肺炎、熱が四十度近く出た。家族のものは心配して医者を呼ぶ。すぐに医者が駆けつけてくる。布団に伏していたおばあちゃんはいない。逃げた。彼女にとって熱は頭にきたからで憎きは婿。医者もびっくり、注射と薬を置いて帰った。それからしばらく大人しくしていたが、病気が治ると再び工業ミシンなどで縫い物を始める。ある時布地の会社からおじさんに模様の注文が来た。白地に赤で描かれた模様は夏の太陽を思わせる素敵な物で会社から反で届いた。おばあちゃんはみんなにかわいいワンピースを作ってくれた。今でもそのワンピースは脳裏に赤く焼き付いている。長野から東京のはずれの赤羽まで時々私は遊びに訪ねていったが、高校時代にはひと月に一度は歌の勉強のために出ていっておばあちゃんを訪ねた。朝起きるとすぐに髪をとかし、二階の廊下の突き当たりの窓を開けて櫛でとかした髪の抜け毛を丸めてお寺の裏山の林にポオーンと投げる。その様子がいかにもおてんば娘のようで可愛いと思った。母は私の十歳の時亡くなった。末っ子の私にとって母は全てであった。二十歳まで毎日泣いた。母が亡くなってしばらくはおばあちゃんが我々の家に来てくれた。我々にとって母とは呼べなくても頼りにはなってくれた。そしてこたつに入って編み物をしながら我が家の物語を語ってくれた。父と母のこと、祖母のこと、さかのぼって明治の頃、けれども私や姉が小さすぎたのかおばあちゃんは自分の若き頃の夢とか恋とかには一切触れなかった。今になって、ああ、それらを聞いておきたかったなあと思う。

## La mia Shuko　Amorosi, 09/02/2021

Conosciuta per caso ma un caso veramente fortuito, si vede che avevo meritato un bel premio e così l'ho riscosso.
Una donna eccezionale con il suo "giappoliano", difficile a tratti da capire ma dopo poco ci fai il callo.

Allegra ma anche bizzarra, sincera fino al midollo e tanto materna e ospitale.
Cosa ho appreso da Shuko? Dopo anni di ricerca di un bravo insegnante di canto mi sono imbattuta in Lei tramite un altro Maestro da cui studiavo Teoria e Solfeggio ed è stato subito amore, non solo mi ha donato la Tecnica del canto ma ha anche potenziato la mia autostima e tenacia nel perseguire gli obiettivi che mi ero prefissata, severa ma non dura, tenace ma non ostinata, diretta ma mai offensiva. Sono queste le caratteristiche che, secondo me, dovrebbe avere un bravo insegnante e per me sono state fonte di ispirazione.
La mia Shuko è un mondo tutto da scoprire seguendo le indicazioni che ti propone, è una grandissima professionista ma non si atteggia, è scrupolosa nel suo lavoro e diligente proprio come la sua cultura impone.
Ho trascorso con Lei intere giornate e ho sempre tanto apprezzato la sua forza e determinazione concentrata in ogni piccola attività giornaliera.
E' un grandissimo M° di canto con una vasta cultura musicale ma è anche una bella persona, dotata di grande spirito e autoironia, oltre che una cuoca eccezionale.

Con affetto
Beatrice

## ベアトリーチェの書いた私　私の修子

修子とはふとしたことで知り合ったが、そのふとしたことがその後の私の人生の貴重な宝物となって今日に至っている。彼女は女性として特別な人で、そのジアボ、イタリアン（日本、イタリア語混合言葉）は独特で、すぐに理解するには時間を要するが、慣れるとその味わいの面白さ、機知にあふれた表現に魅了される。陽気で一風変わった、骨の芯まで正直、誠実で温かい母性愛の持ち主でもある。何を修子から受けたか？　テクニックはもちろん私自身に自分を信じることと指針を与えてくれた。厳しいが固執せず、熱心だが頑固ではなく、物事を直接に言うが相手を傷つけることはなく、かえって直（じか）にはっきり言うことによって、物事が理解しやすい。以上が彼女の特徴だが、教える教師として優れているのみでなく私にとって深い人生への示唆を与えてくれた。まだまだ修子の奥深くまで入り込んではいないけれどそれが課題でもある。彼女は素晴らしいマエストラにも関わらずそれを態度にも現さず謙虚であり、良心的で、とことんまで理解させるように彼女のフィロソフィーで我々にも分からせてくれる。

ナポリの近くの田舎町からミラノに来て彼女の家で一日中過ごし、どんな些細なことにも気を使い決断力、判断力の強さに惹かれた。彼女は素晴らしい歌の先生であり同時にその文化的思想の深さを持つ、人間的なスピリットあふれる人で料理の腕も素晴らしい……。

ベアトリーチェが書いた私への思いであるが、彼女の言おうとすることと私の生き方とある一点で合致している。私は素晴らしくも優れてもいないけれど、歌の先生として誠実でありたい！　まずテクニックを学ぶことは、何となく謎の世界に入るのではなく教える側と教わる側が納得できること。私はどういうふうにしたら問題が解決できるかを簡単な言葉で説明する。その上で生徒が分かるまでやってみる。例えばブレイク（声区の変わり目）をどうやって解決するか、胸声の出し方、高音の出し方、ポジション等、歌を歌う際、最も基本的なことにレッスンの半分以上を費やして、その上で曲に当てはめていく。日本でもイタリアでも数人の先生に指導を受けたが、ほとんどの先生は自ら歌ってお手本を示してくださり、我々はそれに近づくように物真似をする。それでも勉強が進んでいて基礎的にしっかりしている人はヒントを得ることで問題解決できることもあるが、物真似ではなく納得できる道を選びたいものだ。日本人の多くはテクニックの重要性にあまり興味を持っていない。四十歳くらいまで自分の自然の声で歌ってきて、ふっと気がつくと高い声が出ない、ピアニッシモができない、声が震えるなど問題にぶつかる。それからでは解決することがとても難しくなる。今までにやってきたことを取り除いて、白紙にして改めて基本的な訓練をやり直すことになるからだ。私にベルカントのテクニックの魅力を情熱的に教えてくれたのは、日本にいた頃知り合ったピアニストの中村洋子さん。当時歌の伴奏者で、イタリア帰りの歌手を好んで伴奏していた。そして私は彼女の感受性やピアニストでありながら声の魅力に取りつかれていた。ところがいざイタリアに来てみてこのテクニックを教えてくれる先生を見出す難しさにぶつかった。世界中で活躍した有名な先生は莫大なレッスン料がいる。一週間に一度行くお金は一か月の生活費ほどでとても回数を重ねるのは困難な上に、そういう先生には根気がないのでテクニックを手を取って教えるなんてとんでもないこと。私は良い先生に巡り合えたけれど、与えられるのではなく自分から盗むようにして少しずつ近づいて行ったものだ。

## 私の生徒

ペルゴレージのスタバートマーテルは女声の二重唱用にできているが、小さな編成の合唱としても素晴らしい宗教曲である。ロッシーニのスタバートマーテルもあるが、私はペルゴレージを好む。清澄な研ぎ澄まされた音楽には、祈りがあり優美さがあって十二曲のどれをとっても心に沁みる。

パオラはピアノの勉強をして、コンセルバトーリオを出て中学の音楽の先生をしていた。古典音楽が好きでポリフォニーの合唱団で歌っていた。思うように声が出ないので、私の生徒となって毎週一度のレッスンに通っていた。小さな声で、完璧を望む彼女の性格からか、歌おうとすると構えてしまい、肩や顎が固くなり緊張して歌にならない。豊かな感受性を持つ人で、これではフレーズが柔らかに歌えないことが分かるだけに私としても何とかして、自由に、楽に歌えるように努力した。これには、彼女の好きな曲、あまり難しくない緊張しないで歌える曲を一緒に探してみた。時には作曲家の作品集から、彼女の歌いたい曲、または歌える曲を選んでもらった。こうすることによって少しずつ固さもとれてきた。

ある日ペルゴレージのスタバートマーテルをオーケストラとやってみたいと思い彼女に聞いてみた。答えは即座で、私の夢だと言う。ソプラノ、メゾソプラノ四人ずつ、八人編成にソロ二人合わせて十人希望者が集まった。オーケストラと交渉して彼らのシーズンの中に加えてもらい演奏会となった。物静かな指揮者と一体になって敬虔（けいけん）な素晴らしい演奏会となった。楽屋に着替えのため入った途端ドアをたたく音がする。開けてびっくり、パオラの夫と娘が手に持ちきれないほどの花籠を持って立っている。パオラに最高の喜びを与えてくれて、ありがとう。

夫が妻の喜びを分かち合っている、一緒に喜んでいる、そのことに、深い感動を持った。

毎年行事の発表会にも、必ず夫と娘二人はやってきて、パオラの進歩を喜んでいる。

# 柳兼子先生①

〝不来方のお城の草に寝ころびて空に吸はれし十五の心〟

石川啄木の短歌、高田三郎作曲。

イタリアに発つ数年前に柳先生のリサイタルに行った。信時潔、清瀬保二などの作品と一緒にプログラムに載って高田三郎の啄木短歌集を柳兼子が歌った時のこと。会場に起こった感動の波はその静けさと同時に観客の胸に押し寄せ、その情景と時が重なって十五歳に帰りお城の青草に寝転んでいる自分を夢見た。私一人でなくそこにいた全ての人の胸に入り込んでしばらくは我を忘れた。ある人はぼーっとして空間を見上げ、ある人は数滴の涙を浮かべ、その瞬間になすべきことを忘れた。何分経っただろうか、歌った彼女、それを聞いた観客が一体になって感動に埋もれた。そして静かな心からの拍手が波打った。それをうける柳兼子、拍手する観客は皆一つの心になって感動の波に漂った。あの時の感動は一生私の心に響いている。

あれから半世紀以上経って、数多くのコンサートに行ったがあれほどの感動には出会えていない。

信時潔の「苗や苗」「鴉（からす）」などは日本の音階を用いて書かれているがその独特な歌いまわしは柳兼子のみができたと思う。幼少の頃から身につけた長唄、明治時代ののどかさ、何より日本語の発音の明確さ、それを伴った言葉から出る雰囲気が見事に融合して芸術作品と言ってもよい。歌に限らず極みと言われる演奏はその人が生きていて初めて直に触れることができる。録音されたものは確かに素晴らしい演奏であっても演奏する者と聴く者が心を一つにして感動を分け合うことはできない。

柳兼子先生の芸術家としての音楽に向かう魂は私の一生の宝物であり指標である。

## 柳兼子先生②

柳先生は私の人生に最も深い影響を与えてくださった。歌を歌う、芸術、生き方、情熱、全ての面で学んだ。明治時代の人の持つ強さ、明るさ、探求心は、小柄な体は小柄に見えずかくしゃくとした着物姿はそびえるようにさえ見えた。私が国立音大に入った時は、七十歳を越していたと思うが、髪は真っ白で上品に束ねてありグランドピアノを前に座って、後ろにある障子のついた丸窓からさすほのかな光を帯びると正に後光のように見えた。上品な瓜実顔（うりざねがお）には化粧は全くせずそれが一層気品となっていた。高貴な人柄であってもユーモアと諧謔（かいぎゃく）を交えた常に笑いのある魅惑的会話であった。彼女の祖父は明治初期、国から派遣された技術者としてヨーロッパに渡り鉄工を学んだ一人で、帰国して隅田川近くに鉄工所を開設していた。そのおじいさんの最愛の孫が兼子で、息子より一番祖父の血を引いていたそうだ。小さい頃は病気がちであったため母親が長唄のお師匠さんのところに連れていき厳しい稽古に耐え誰よりも早く覚えた。今日の芸大、東京音楽学校に入り、声楽をマダム・ペッツオールドについて勉強した。一九〇〇年初めの頃で楽譜もろくに手に入らない時代であった。ペッツオールドはピアノをリストに声楽をマルケージに習いヨーロッパで活躍した人で、弾き語りもするくらいピアノも素晴らしかった。アルトとして日本の草分け的存在であった。在学中に結婚し芸大は中退し、東京山の手にある柳宗悦（やなぎむねよし）の家に入った。宗悦は日本民藝館創立者の一人で白樺派の一人でもあった。私が知り合った頃は駒場の民藝館の真ん前にあった住まい（今は民藝館）でレッスンをしていた。宗悦の亡くなった後に先生と知り合ったので残念ながらお目にかかれなかった。

先生のレッスンはとても厳しく正に精神統一して歌のうちに入ることに尽きる。ある日駒場のお宅にレッスンに行った時のこと、夏の一番暑い日で汗かきの私に向かって内庭から一斉にやぶ蚊が攻め寄せてくる。スカートの上、下構わず腕、顔、至る所に素早く止まっては刺す、痒いなんて通り越して気が狂いそうになる。一方の足をもう一方の足で痒いところをさすり、顔から流れる汗をハンカチで拭う。そのうち着ている洋服の上からも容赦なく攻めてくるので、またそこに手が行ってしまう。その挙動に気がついた先生は一喝してピアノを叩かれた。言われるには、

「歌い手は山ほどいます。けれど芸術家は少ない、あなたは芸術家にならなくてはいけません。剣を持って相手に向かった時、あ！　雪だ、雨だと目を離しますか？　その瞬間あなたは死んでいますよ。芸も同じ、歌に向かった時全てを傾けなければ歌えませんよ」

と。家に帰った時は身体中、蚊に刺されて腫れに悩まされた！　正に明治の人の芸に対する心構えそのものだけれど、これと同じことを、オペラ歌手マリア・カラスの演じたオペラ「トスカ」に見た。彼女の役にはまったシーンには鳥肌が立った。スカルピアを本当に殺した！　のだ。

毎年先生のリサイタルを聴いて、私のみでなく聴衆が先生の歌に吸い寄せられてしまう感激は、正に一同が先生と芸術を分かち合ったからだと思っている。

## 歌のレッスン

三年の予定でイタリアに来て、はや半世紀以上にもなってしまった。ベルカントを求めて未だにさまよっている。幸いなことに歌って年金受給者になれたのはイタリアだからこそでたくさんの友人で歌の勉強に来ている人のほとんどは、他の仕事に就くか結婚するかで、うらやましがられている。ある日国営放送局ＲＡＩで仕事をしていた時、社会学者の女性に年金受給後に何をしたいか？　と問われた。即座に答えた。私は今までたくさんの人に助けられてきたので日本人の若い世代に何らかの形で還元していきたい、と。

「それは具体的に何をしたいか計画してますか？」

「ベルカント唱法についての翻訳、音楽書の翻訳とか体験談とか」

「なぜ歌を教えないの？」

「夫がイタリア人なので」

「イタリアでも教えられるでしょう?」

「日本人が本場イタリアに来てイタリア人に教えるなんてできない。イタリア人が日本に行って能の勉強をして、日本人に能を教えるようなものだからね」

彼女はじっと私を見つめて、

「教えるということにも、いろいろある。あなたの還元したいということに添って行くならば、例えば歌の勉強をしたいけどできない人、問題を抱えているけれど解決したい人、日本から勉強に来ているけれど助けを求めている人、様々です。そういう人たちにあなたの持っているものをあげていけばいいでしょう? 例えばコンセルバトーリオ(音楽学校)の夜間学校があってあなたのような人を探しているけど、やってみますか?」

私は即座に、

「はい。やってみたいです」

こうして私の年金受給後の道がひらかれた。

ミラノのヴェルディ音楽院は、かつてヴェルディが若い頃に入学を拒まれたというエピソードがありながらもその名をヴェルディとしている。そこにある夜の学校に週一度三時間、六、七人の生徒が顔を揃えていた。後に分かったことだけれどこの学校はいわゆる左翼系のグループで、六十〜七十年代に活発だった文化運動の一端として運営されていた。謝礼もほんの少しのおこづかい程度で、ボランティアと言っても変わりないくらいであった。私はミラノ郊外二十キロくらいの小さな街に住んでいたので、ポンコツ車のチンクエチェント（５００）という名の車で毎週通った。

生徒にはスカラ座のバレリーノ、大学の先生、学生、主婦、劇団員、ジャーナリスト等々様々な人たちで、そこからプロフェッショナルの道に進んだ人は数少ない。が、二十年近く経ってもやめずに通っている生徒も四、五人はいる。自分を除いても頭の毛に白いものが交ざったり、うすくはげてきたり、孫が五人もいるようになっても未だに通っている。昨年からのコロナウイルス中もオンラインでやろうとアイパッドを贈呈された。時々子どものいない私には、彼らが私の子どもたちのように思える。

## マエストロ、マエストラ

語尾がオで終わると男性、アで終わると女性なので、タイトルは男の先生、女の先生。

イタリアで最も影響を受けたのは、イリス・アダミ・コッラデッティ女史、マエストラである。日本での柳先生のごとく巡り合った時は七十歳を超えていたと思う。髪は真っ白、小柄でふっくらとした品の良い人柄だが、内には一旦火が付くとことんまで燃え尽きる強さを持っていた。二十歳にならないうちにデビューしスカラ座でも数年活躍したが、結婚して一時身を引いた。が医師である夫と別れ、一人暮らしをして、コンセルバトーリオの先生や個人レッスンをしていて、オペラ関係者、劇場関係などとの繋がりをもっていた。先生の所に行き始めた頃からあちこちのコンサートホールや、劇場で歌わせてもらえた。中でもレカナーテイでベニヤミーノ・ジーリの死後二十五年祭でレナート・フランチェスコーニと歌ったオセロ、レッジョ・エミリアの劇場でのマダム・バタフライ、パドヴァのジカンテホール、フランチェスカ・ダ・リミニ等々は忘れられない体験で、先生と一緒に過ごした時間は心に残っている。ある時ＢＢＣ放送の依頼で、シメス邸において日本歌曲の夕べがヴィチェンツァの郊外の広壮な森の中の邸宅で開かれた。その日のために庭の外灯と噴水が供された。来る人たちはドレスやエレガントなスーツで、まるで八〇〇年代に後戻りしたかと思わせる雰囲気であった。先生自らピアノ伴奏と語りをなさって、私は着物姿で日本歌曲を歌った。一階のホールは最上階まで吹き抜けで、その周りにそれぞれの階がらせん型の階段で上れるようになっていた。民謡を素材にした歌曲、五木の子守唄、アイヌの愛の歌、沖縄の歌などを歌ってしとやかな夕べであった。

先生のレッスンはご自分が歌って聞かせるのではなくピアノ伴奏をしながら他のパートを歌いながら、私自身が勉強してきた総譜をどんどん歌わせる。そして、私の解釈に不足があったり誤った点を補足説明するというもので、一見こちらの自由な解釈に任せるというふうであるが、それだけに相当な勉強を強いられた。

当時ミラノに住んでいたので週に二度コンサートがある時は三、四時間近くかけて汽車でパドヴァまで通った。通勤、通学に利用している汽車なので、週末に自宅に帰り月曜日に戻るのでそういう時は足の踏み場がないほど混雑したが、楽しくて苦労と思ったことはない。駅では何回か不当にお金を取られた。なぜならお釣りの数え方が日本とは逆で、1

00出して切符代が23とすると、日本では100から直接23を引いて77をお釣りにするが、こちらは3から数え始め、10の桁にいく。その時の10の桁はさばを読んで、30と言うところを40と言う。急いでいる時は日本にいた時のようにお釣りは正確にくれるものと安心して、もらうべきお釣りをいちいち数えないで一掴みにして、汽車に乗り遅れないように走ってしまう。お財布を開けた時に初めて、あ！　足りないと思う。時はすでに遅い。朝早くに家を出て夕方戻るので証拠がない限り何も言えない。それも今になってみると、イタリアの側面といえる。

## テクニックの土台

クラシック音楽でいう歌うということには、楽器と同じくたゆまぬ努力、探求が求められる。

ナンダ・マリ女史の『歌と声』にはこう書かれている。

「テクニックなしでは歌は歌えません。それは〝開放〟であるからです。そうすることで自分の思うように表現できるからです。歌には音楽の上に言葉があります。その言葉の内容を音楽に合わせて表現する、それがオペラ、メロドラマであり、詩であるからです。それらを満たすには音の強弱、ピアニッシモ、トリル、速い音の正確な転がし、言葉のつけ方等々の要求に応えられる土台がなければなりません。この土台を築くことはほかでもない、努力、訓練があって初めて満たされるものだからです」

私の経験ではベルカント唱法、テクニックを学ぶことはほとんど謎に近く、ただ漠然とした雲の上のものであった。何とかしてこの魅力あるテクニックを学ぶことができないかと、イタリアに来て未だにそれを求めている。究極的に言えば、自由に曲の内容を表現する根本的な土台といえるだろうか。

ベルカント唱法の魅力は、まず無理のない自然な声で聴衆も歌手も十分愉しめることである。力を入れたり、怒鳴ったりする声は本人も苦しく、聴いている人も苦しい。この自然の状態になるには、不自然を除かねばならない。楽器の演奏者も、スポーツに携わる人も、演劇、バレエ全ての体を使って行われることには、力む、不要な力は避けなければならない。そして行きつくところは、自然に帰ることだと思う。テクニックを学ぶということは始まりはあるが終わりを知らない。一生かかって追求するものである。

最近たくさんの日本の若い人たちがイタリアに勉強に来るけれど、テクニックを学ぶ目的で来る人はごくわずか、コンセルバトーリオに入るか、個人レッスンを受けるかして、コンクール、オーディションに応募して日本に帰るのがほとんどである。時間がない。それよりもレパートリーをたくさん勉強して、ということになる。

イタリアに来るからには、テクニックを学ぶ、ベルカント唱法を身につける目的で来てほしいと切に願うものである。

## テクニック

テクニックは楽器でいうと楽器の使い方から始まって最大限に活用し、最大限に機能させ音楽にする。歌も声帯を最大限に活用させることで、そこから音楽の演奏ができるようになる。楽器の場合は練習に明け暮れ、楽器と本人が一体化するには多くの時間と根気が必要である。歌は楽器を身体の一部に備えていて生まれつき良い声の持ち主であるので、若い頃は練習、努力の必要性をあまり感じない人が多い。そしてテクニックの修得を経ずして、舞台に立ち、コンサートにのぞみ、声を酷使して四十歳くらいになって思うように声が出なくなったところではたと、テクニックの不足に気がつく。それでは遅い。仕事も来なくなり、思うように声を使えないため焦りがくる。

声は自分の身体にあるので、共存関係（simbiose）で機能しなければならない。初歩からこれらの機能を磨いていれば、問題なく歌えるはずである。私の個人的な意見では、大学、音楽学校に発声部門が設けられ同時に歌えるなら、生徒一人一人迷うことがないのではないかと思う。

何がベルカントのテクニックか？

一言で言えば、言葉の通り美しい歌。無駄な力を入れたり、怒鳴ったり、大声で叫んだりせず自然な流れに乗った声で歌うためのテクニックである。スポーツ選手が毎日している訓練はその種のスポーツに必要なことをしている。歌も同じ、歌うのに必要な訓練である。

ベルカント唱法は、マスケラ「顔面」に響きの位置をもってくる。声は息にのって。この二つが根本的なことで、各々についてはその適切なメソッドをこなしていかなくてはならない。第一の顔面に響きの位置をもつということについて。これは口の中の口蓋、特に上顎の軟口蓋を使うことにより響きが一点に集中され、額の中央で息と声が響く。ハミングが分かりやすい。第二の声は息にのってということは、吹奏楽器と同じく声は声帯にあたる息によって音となって出る。そのため呼吸法はとても重要である。ここで勘違いしてはならないのは呼吸法、つまり横隔膜での支えは即声であるなどと言う教師もいるが、声は声帯を通して出るものであり混同してはならない。息にのって、ということは声帯に負担をかけずに息に触れて出た声ということである。前記の二つの条件を結び付けて、両者の協力によって、初めてベルカントのテクニックが成り立つ。吸った息が声帯を通って出た声に行く先を与えることが、今まで述べた二つの合致である。

言葉で説明するのは分かりにくいけれど、これがベルカントのテクニックといえる基本である。

## 四人兄妹

前述の通り私は十歳の時に母を亡くした。末っ子の私のことが母には心残りであったためか、上二人の兄と三歳上の姉に私のことを託していった。苦しい病床でもう回復できないと思って、母の弟の叔父に父と四人の子ども宛てに遺書を残した。

私宛てには、父の言うことをよく聞いて兄妹仲良くしなさい。学校の友達とも仲良くして、お互いに助け合っていかなければならない。勉強ができる、家庭が裕福である、等々で区別してはいけない。友達は皆兄弟姉妹、相手にないものは助け合い、相手も自分にないものは助けてくれる、と。叔父が読んでくれた母の手紙に少なからず動揺した。母は私のことをよく知っていた。自分では気がつかなかったことを指摘されて、自分を新たに見直し、母の言うようにしなければいけないと思った。負けず嫌いの私は、勉強のできる人、自分の気に入った友達としかつきあわず、戦争で親を亡くした子や、貧乏な家庭で親を助けて仕事をするため、勉強ができない子など見向きもしなかった。生まれて初めて世の中の現状を見たというべきか。

それからは、母に言われたことの実践に明け暮れた。オーバーコートのない子には自分のを譲り、勉強の遅れている子には、一緒に残って勉強し、逃げ回っていたトイレの掃除もするようになったり、まるでそれらをすることによって母が生き返ってくれるのではないかというように。

四、五年後クラス会があって参加した折、担当教師やクラスメイトたちが、あの時の私の変わりように涙したと語ってくれた。

十歳上の兄は大学に行けず、通信大学で勉強し高校を出て就職した。初めての給料で私には大判のチョコレートと『ノンちゃん雲に乗る』という本を買ってくれた。山が好きでロープを持って危険な場所に挑戦したり、日曜日はほとんど山に行っていた。歌も好きで長野放送局の合唱団で歌っていた。こたつに入って私に、イタリア民謡やロシア民謡など覚えたての原語で教えてくれた。オーソーレミオなどは、あの時覚えたまま未だに記憶に残っている。同じ職場で知り合った人と若くして結婚して、我々と同じ家に当然のことのように同居した。下の兄は大学生で家にいなかったけれど、父親と二人の小姑とよく生活できたなーと後になって思う。兄は兄なりに妹の面倒を見ようとしていたに違いない。新しいものが好きで洗濯機やテレビなど当時近所にもまだなかったものを購入した。姉が新しいタイプのミシンが欲しいと言うと、すぐに買って与えたり優しい兄であった。

二番目の兄は七歳上で、上の兄のようにスポーツをするより勉強が好きで、特に地理やジャーナリズムに興味を持っていた。まだ母がいる頃、庭にウサギを数匹飼っていて、小さい私と姉に草取りを命じ、暮れになるとウサギをどこかに持っていき、売っておこづかいとしていた。未だに私と姉はあの時の草取りの報酬を請求して笑っている。優しい兄で私が四十歳過ぎても日本に帰ると、飛行機代と言ってお金をくれた。いつまでも私のことは小さいと思っているのかもしれない。

## 続き

下の兄は母が死んでから我々妹二人の世話をよくしてくれた。そのやり方が滑稽で、ともすると悲しくなるのを、笑って過ごすことができた。まず台所に来て薪に火をつけてくれる。細かい説明が入る。どうしたら薪に火がつくかから始まって、火付け用の焚付けを何本入れるかその位置はこうだとか、お釜でたくご飯の火の強さ、蓋はとらないでふきこぼれない方法はこうだとか、細部に至るまで面白おかしく騒ぎながらやるので嫌な家事も楽しくなるのだった。一年後には、仙台の東北大学に進んで家にいなくなってしまった。しばらくは姉共々寂しい思いをした。年金受給後は長野に購入しておいた土地に家を建て、母の実家の叔父に畑を借りて、叔父の手伝いと同時に百姓仕事を習い、それをノートに細かく書きつづって、未だに丹念に続けている。肥料の量、時期、種まき、苗床等々、昔ながらの丹念さで立派に俄か百姓をこなしている。

前述の通り私が日本に帰るたびに、飛行機代だと言って封筒に紙幣を入れて、朝早く勤めに行く前に枕元に置いてくれた。いつまでたっても、幼い妹だと思っていたのか。

晩年は耳が聞こえなくなり、昔のように笑い話ができないのが辛いし、兄にとってはさらに辛いと思うけれど、そのことは、内に秘めていつも明るくふるまっている。

三歳上の姉は、正に私とは正反対。色白の大和撫子と呼んでもおかしくない、大人しく、従順、恥ずかしがり屋。実際には歳は二つ半しか違わないのに、家のことを一切しょっていた感がある。お祭りに一緒に行って舞台に上がって歌ったり踊ったりするのは私、恥ずかしがって人前で泣き出すのは姉、母と町まで黙って歩くのは姉、抱っこ抱っこと騒ぐのは私、母亡き後は、姉は私に対して母代わりになった。掃除、洗濯、食事の支度など黙ってやっていた。高校を出る頃からお見合いの話が来たりして、大和撫子は大いにもてたが、私にはそのけは全くなし。母の闘病生活をみて、姉は高校を出て看護学校に行きたいと言ったが父は看護師の厳しい仕事を恐れて許さなかった。二、三年勤めに出て兄の友人から求められて結婚した。

我々兄妹は母の亡き後、以前にも増して結びついている。

## マリア・カラス女史

マリア・カラス女史が、アメリカのジュリアード音楽院でマスタークラス、公開レッスンをした時の冒頭で言われたことは、

「ベルカント唱法は歌うためのメソッドであり、言ってみれば自分の身に洋服を着せるようなものです。音の出だし、レガートをどのように歌うか、どのように呼吸するかpfはどうするか、歌の表現、雰囲気をどう創りだすか、初めから一貫した表現、印象を出せるか？　何よりもベルカントはエスプレッシオーネ、表現です。例えて言えばパスタをつくるのにはまず粉が必要、それに素材を加えて手を加えて初めて、おいしいパスタができます。歌は音楽学校で教育を受けます。基本的な基礎を身につけます。この時の教育はその後の生徒にとっての鍵となります。もし教えが良ければ一生通用できます。悪ければ、再び初めからやり直し、大変困難になります」

日本人で活躍している人の中で、どれほどの人が道に迷っているか、または気がついていないか、聴いてすぐに分かる。自分のことのように思ってしまう。テクニックを身につけなかったために、壁にぶつかって自信をなくし仕事も入らなくなり、歌っていけなくなる。

一旦ついた癖、喉に負担をかける、力を入れたり怒鳴ったり、音程が不安定であったり、はそれを取り除くことがとても困難になり白紙にかえしてやりなおさなければならないが、何度も歌ってきた曲になると、自然に以前の声に戻ってしまうことになる。

マリア・カラスはさらに声の軽さ（leggerezza）についてこう言っている。

「常に声は軽く自由に動けることが基本です。スポーツ選手は動きが軽く自由に動けるのと同じです。力を入れたり、喉の自由を失ってアジリティはできません。レガート、スケール、アルペジオ、強弱は表現するには不可欠なことです。ベルカントのテクニックなしでは思うように表現できません」

彼女はソプラノ歌手だけれど、そのレパートリーはコロラトゥーラ、レッジェーラからリリック、ドラマチックまでこなし、しかもメゾソプラノまでこなしていた。一六〇〇年代から一七〇〇年代ベルカント最盛期の歌手は、下は正にコントラルトのごとく、上はハイソプラノのごとく幅広い声域と同質の響きをもっていた。当時は現在のように、声の分類はハッキリなく、一人で高音から低音をこなしていた。テクニックでそれができていたのだろう。

素晴らしい歌手は何と自由に、楽に歌っているか！　正にベルカントのテクニックの極みといえる。

## 私の生徒

コンセルバトーリオに来た生徒にジュゼッペがいた。一見ひ弱でどことなく寂しさをもっていた。なぜ歌の勉強をしたいのか聞いてみた。歌いたいからという。スカラ座で踊っているバレリーノで、できれば歌手になりたいという。声はとても細く、テナーならイタリア語で tenore di grazia、日本語で繊細な、または優美なとでも言おうか、軽い天使のような声の主。初めのオクターブから上に上がるにつれファルセットというか女性の細い声に自然に変わってしまう。彼の両親の住んでいる所は私の家から十分くらいなので、日曜日実家に帰る時を見計らって私の家に来てもらって、じっくり時間をとってレッスンしてみた。確信を持ってカウンターテナーの道をいくように勧め古典歌曲から始めてみた。スカラ座のバレエ団で踊っているだけにリズム感、音感はとても良く声を磨けば立派な歌手にもなれる資質が十分あるとみた。彼の仕事と照らし合わせ昼間の音楽院に入るよう勧めてみた。すぐに決意して準備を始めた。ミラノ市立の音楽学校とかけて試験をした結果両方とも受かり、一年後にコンセルバトーリオに入った。そこには古典音楽部がありイギリス人教師へイワード女史が受け持っていた。カウンターテナーも数人いて安心して託すことができた。五年後に卒業演奏があり聞きに行ったが素晴らしい歌手になっていた。この間私の手元からは離れたが私の生徒の発表会には必ず歌ってもらったばかりでなく、あちこちのコンサートに彼を紹介したりもしている。

たまたま彼の叔母さんにあたるジュリアーナとプールで知り合い、親しくしていたが、彼の幼少の頃からの問題を話してくれた。ゲイである彼は生まれた時からおもちゃやお人形で両親を悩ませた。特に父親の無理解に苦しんで家を飛び出し、バレエ団の寄宿舎で過ごしたそうだ。

歌の勉強を始めてからの彼は音楽への自信と喜びを持つようになり、性格も晴れやかになったと思われる。

学校を終えてから一時期、歌手でプロフェッショナルに仕事をしようと思ってバロック音楽のアンサンブルにも入って歌ってもいるが、定期的にお給料をもらえるスカラ座からは離れていない。

## 民謡と歌曲

作曲家の福島雄次郎が、ある一日、山の中を散策していると木こりの声が唄うというより語りのように聞こえてくる。何とおおらかであり、開放的であり、足を止めて聞き入った。邪魔にならないように近づいて、持っていた録音機に収めた。五木の子守唄がその元であったが、何とも木こりの心情そのものであり、心に響く節回しに感動した。採譜し、彼の五木の子守唄が生まれた。

私はコンサートでこの曲を歌ったが、木こりの、作曲家の心情が私の足元から吹き上がるように湧き上がった。単純な旋律であるが人の心が伝わるもので、会場からも拍手が湧き上がった。

数日後これを聞いた国際的に活躍している若い作曲家が、電話してきた。彼が言うには、私の歌は五音階の節回しで、西洋音楽の音階と違う微妙な上がり下がりが見事に出ているが、どうやってこれを出しているか、教えてほしい、と。

答えは何もない、感ずるもののみである。我々日本人の血の中に受け継がれているとでも言おうか。柳兼子の歌う日本歌曲は、正に日本歌曲の真髄といえる。明治の時代背景、長唄の稽古、お祭り、等々文化的背景を背負った中から湧き出るものと思う。

話は西洋にとび、シューマンの〝女の愛と生涯〟を歌った時の感動は、人間として普遍的なものである。

オペラになると、私の中には日本人が出てくることがしばしばある。芝居の世界、習慣の違い、感性の違い、そして時代背景等々、登場人物になりきれない異物の世界を感じるからだ。イタリア人が日本に行って、歌舞伎や能を習うことはできても、それに伴う静の世界、仕草、間の取り方等々は彼らにとってやはり異物なことに思えるように。

スカラ座で歌のリサイタルが年に数回もたれる。世界的に活躍している歌手が、ピアノ伴奏で一晩演奏するが、古典歌曲、ドイツリード、オペラのアリアなどに加えて、お国の民謡または民謡から作曲された曲を歌う時に、一段と輝くものがある。聴衆も本人に惹かれてその世界に引っ張られ、思いがけない感動を覚える。

テクノロジーの発達によって世界は段々と近くなっているが、しかし、自国の地につながる感性はいつまでも生きている。

## 表現について

テクニックはそれを最大限に活用して表現に生かしているかどうかが、アーティストと単なる歌手の違いである。音楽には作曲家の魂があり、それを演奏する器楽奏者はその魂を自分と重ねて表現するが、歌には言葉がある。その言葉に作曲家の心情がこめられている。

マリア・カラスが、偉大な指揮者トゥリオ・セラフィンから学んだことは、楽譜を読むことであったという。そこには、作曲者の意図することが全て書かれている。身ぶり、態度などの動き、言葉の使い方、表現などは総譜に全て書かれている。

クレシェンドは単に記号でなく、なぜか？　を考えるに気持ちの高揚、喜び、叫びなどに通ずるがそれを総譜から読みとり自分の魂をこめて歌うことが表現になる。

カラスのオペラ「トスカ」のビデオを見た。死刑囚となった恋人カバラドッシを救う唯一の手は警視総監スカルピアの女となり、その見返りに許可証にサインさせることであった。いよいよサインした書類ができ、スカルピアがにじり寄ってきた時、ナイフを振りあげ叫んだ！　死ね！　死ね！　と。その凄まじさに、鳥肌がたった。正にスカルピアを殺したと思った。

マリア・カラスの偉大さは、これに尽きる。彼女ほど総譜に忠実で、人物になりきったアーティストは、数ある歌手の中でも希少である。

表現に話を戻そう。

オペラ・メロドラマには、演技があり音楽と融合されているが、歌曲はどうだろう。詩の世界である。自然な情景描写、心の動き、物語など、浪漫的世界への誘いといえようか。絵画のごとく微妙な音色、優雅な情景描写、ニュアンスが言葉と共に彩をなし、一つ一つの言葉の意味するところ、全体的な流れと合致して表現される。ドイツリード、イタリア、スペイン、フランス、イギリス、ロシア等々、その国の言葉に即した歌曲は、朗読してみて言葉の使い方、詩の内容をつかんだ上で歌われる。

## 素人と玄人

好きで趣味で歌いたい人はたくさんいるけれど、それには二通りの違いがある。一つは合唱団で歌っているけれど声の出し方が分からない。音が下がる、高い音が出ない、力が入ってしまう等々の問題を抱えた人。合唱団のみでなく、ポップ音楽、ジャズ、タンゴなど、クラシック音楽以外の人たちにみられる。

もう一つは、オペラ、クラシック音楽の勉強をしたかったけれど、事情があって勉強できなかった人たちにもみられる。

この両者が望んでいることは、声を楽に自由に出したい、思うように歌いたい、だ。よく音痴という言葉が使われるが、私はその人に特別な病気でもない限り、生まれつき音痴はいないと思う。教育の欠如である。好き嫌いももちろんだが。

玄人はそれを職業としている人で、専門家といえる人たちだ。いずれにしても、声の訓練、エドゥケーション、基本的な土台を築いていくことにかわりはない。

私はこの両者と接してきた。両者に必要なのは、一言で言えば練習に尽きる。特に専門家を目指す人には休日はない。スポーツ選手と同じで一日欠けるとすぐに分かる。ただし、内容を把握した上での練習であって、盲滅法（めくらめっぽう）に声を使うことは逆に害になる。

よく赤ちゃんの声が一番自然な出し方と言われるが、よく見ると確かにお腹をいっぱいに使って、横隔膜から直に出ている感じである。歌を歌う場合には何より呼吸法が大切だが、かと言って呼吸法ばかりを切り離して練習しても役に立たない。フルートは息にのって音が出るが、吸った息を唇と楽器の先にある穴に、同等の量の息を吹き込んでいく。管に流れる息は静かに柔らかな音となって、音楽となる。歌も同じく、吸った息が声帯を通って口蓋の上にある管に入り、柔らかな音色、声が出る。同じ原理だが、前者は楽器の管、後者は顔面の前に出る。しかし、言葉での説明と実際にテクニックを学ぶのでは大きな違いがある。毎日の練習、訓練だ。何事も自然に帰るのが大事といえるだろう。素晴らしい演奏家は動きが自然で自由だ。そうでなければ、表現ができない。

テクニックに気をとられていては、思うように歌えない。歌を歌うにはテクニックの土台を必要とする。両者の合致、融合で初めて素晴らしい歌が生まれるといえるだろう。

## コンクール、オーディション、マスタークラス、アカデミア

トスカーナ地方で行われたコンクールに友達と一緒に参加した。一次、二次で選抜されて三次に残った六人の中から、優勝者、二位、三位が選ばれ賞がもらえるのが、通常。私は一次を通って二次に残った名前を掲示板で確認した。ない。確かに一次を通ったはず、なぜかしらと見直して、掲示されていたのは、最終の三次であることに気がついた。当事者もすぐに気がついたがもう遅い。最終に残る人たちはすでに決まってしまっていた。今になって笑い話みたいな思い出だがあの時は頭のてっぺんまで血が上って、帰りの汽車は乗り間違えて、ミラノに帰るのを、逆のローマ行きに乗ってしまい、途中で降りてミラノ行きに乗り換え、待ち時間の長かったことに加えて、家に着いたのは真夜中。女一人で怖い思いをした。

ベルギーのテアトロで、プッチーニのオペラ「トゥーランドット」のリュウを探していたのでオーディションのために出かけた。長い汽車の旅の後で、発声をして、順番を待っ

た。ディレクターとピアニストが現れて、何を歌うかというので、ロッシーニの、ウィリアムテルのアリアと言うと、二人共そんな曲は聞いたことがないと言う。テンポを言ってくれと言うので、このテンポでと言って歌いだした。続いてリュウのアリアを歌い終わったら薄暗い会場から、ブラボー‼　ブラボー！　と拍手が湧いて、びっくりした。マエストロからも、あなたは、ここに残りなさいと言われて、椅子に座って待った。しばらくしてからディレクターに呼ばれ、「こけら落としはあなたの、リュウで幕開けとしましょう」と言われた時は、本当とは思えなかった。

トスカーナ地方の中世の町で、毎年「オペラ・バルガ」フェスティバルが開かれた。オーディションをして良ければ、奨学金ももらえるし、オペラにも出演できるというので、汽車に乗って出かけた。汽車の中で座席の前に座っている父親と四、五歳の娘と話していると、彼らは私の行くのと同じところに向かっているというので、一緒に汽車の旅を楽しんだ。着いてすぐに、マエストロ・リガッチのオーディションをして奨学金を得た。ボエームと、バタフライの役ももらえて、アメリカから来ていた、マエストロ・プリマベーラの指揮で歌うことに決まった。翌日朝早く、仲良しになったアメリカ人のアイリンが、部屋に訪ねてきた。

「お願いがあるの」と言う。何でも言ってと言うと、

「私はボエームのミミ役をやりたくて、アメリカから来たの。あなたは、バタフライもやるし、コンサートにも出られるので、私にミミを譲ってくださらない？」

瞬間彼女に同感して、譲ってあげることにした。

「マエストロのところに行ってお話ししましょう」

と二人でマエストロの部屋をノックした。

「こういう話は、あなた方で決めることではなく、すでに決定したことです。物を譲る、譲らないの話ではありません。仕事です。今後一切こういうことをしてはいけません」

と怒鳴られた。

情にもろい私は相手の気持ちを察して、何とかしてあげたいと思ってしまうけれど、この道は相手を引きずりおろしてでも、自分のものにという人が多いから、気をつけなさいと、友人のカルラに言われた。

## レナート・チョーニ

テナーのレナート・チョーニが先日亡くなった。トスカーナ地方のジリオ島で生まれ、マリア・カラスとの共演など、スカラ座をはじめ、世界的に活躍した。背が高く、眉と頭髪は黒で、大きな目と高い鼻、ハンサムな青年であった。声は張りのあるリリコ。小さい頃から兄弟に交じって、父親のギターに合わせて歌った。当時活躍していたバリトン歌手テイッタ・ルッホに認められてテナーとしての勉強を始めた。

私が彼を知ったのは、オペレッタでの公演であった。あるジャーナリストから紹介されてオーディションを受け、イタリアで初めての外国人、それも東洋人だというので、新聞に一面書かれ、写真インタビューが載せられた。メリーウイドウの陽気な女房とチンチッラで、レナートとは前者を一緒に歌った。すでに一線からは離れて、気楽にオペレッタをたのしんでいた。一年弱公演の旅をして、私は他の仕事のためそこを去った。

数年後に彼から電話があって、ヴェルディの建てた音楽家のための養老院「カーザ・ヴェルディ」に夫人と一緒に入ったことを知った。早速訪ねていこうと思っていた矢先、やはりこういうところには居られないと、生まれ故郷のジリオ島に帰った。

公演先では、歌手、役者、オーケストラの人たちとレストランに行こうとせず、ホテルの部屋でうずら豆等を料理して食べていたのを思い出す。

## 指輪

レッジョ・エミリアのテアトロでバタフライを歌った。着物は父親に送ってもらった自分のを着て簡易帯で何とか収まった。着るのに二時間かかった。この時の写真を父親に送ったら、何とはしたない着方であるか、と叱られた。彼は能を謡い踊るので、着物には見識をもっていた。

楽屋で着物を着る前に、サファイアの指輪をはずして鏡の前に置いて、そのまま舞台に出て歌った。その日は花粉症のために喉が炎症していて思うように声が出ない、と思うと、ますますそのことが気になってイライラしていた。それを見て、私の先生が注射を打って

くださった。コルチゾーンの一種であったか？

舞台は大成功でほっとした。楽屋にどっと人が来たり、挨拶したりで、やっと着替えて招かれた夕食に向かった。いつものように公演後は興奮して、些細なことなど一切考えない。何を食べたかも覚えていない。そして、帰途に就いた。

疲れと興奮でそのまま寝てしまった。翌日荷物を整理してみると、着物の紐やらいくつかの小物を忘れてきたことに気がついた。そして叔母から譲られた大好きなサファイアの指輪がない！小物などはどうでもいいが、指輪は何としても取り戻したい。テアトロに電話した。掃除係に聞いてみるとのことで、しばらく待ってみたが、何もないという答え。そうでなくても、イタリアでは、物がなくなったり、盗まれたりは日常茶飯事、あきらめるより他にない。

六か月くらい経ったある日、貴重品扱いの小包みがとどいた。中には指輪とそれの鑑定書が入っていた。鑑定書には、指輪の価値と品質が記されてあった。テアトロ支配人からも数日後に電話を頂いた。イタリアでは物がなくなるのは当たり前などと思ったことを、強く反省して、心温まった。

## アルトゥーロ・ベネデット・ミケランジェリ

偉大なピアニスト、天才と言われる彼の伝記をテレビで見た。彼はどこに行くにも自分の楽器―ピアノ―を持ち運んだ。バイオリンやフルートとは違いグランドピアノである。湿気、気温などの変化はもちろん、完璧な梱包作業など望めないにも関わらず、世界中に持っていくのである。そしてお抱えの調律師、技師と共に、納得いくまで完璧な音にもっていく。納得できない時は演奏しない。ある時調律師や、録音技師等の耳には完璧に聞こえるが、彼の耳は、どうしても納得できない。コンサートの時間は迫る。その日は彼の山の仲間たちを招待していたので、キャンセルはできない。一部のみ演奏して、二部は中止。観客の去った後、解体して細部にまで点検に及んだが、どうしても彼の耳は納得できない。フェルト一つ一つを点検したところ、誰の目にも見えなかったほどの小さな針の先がフェルトの中に見つかった。それほど彼の耳は研ぎ澄まされたものであった。当然行く先々のコンサートホール側としては、万全を期しているが、彼らの及ばない、気候、気温、湿度などの変化は、どうしようもなかった。コンサートは中止になる。

私は毎年バカンスをドロミティの山で過ごしたが、ある時山の頂上でコンサートがあるというので聞きに行った。山男のコーラスで、全員男声。ほとんどアカペラで、周りに聳(そび)えるアルプス山脈に届けとばかりの力強さ、迫力、何とも言えない孤独感など、山男の息吹が伝わって感激した。プログラムを見ると、アレンジ、または作曲者の名前がミケランジェリになっている。まさかと思ったが、ミラノに戻って調べてみたところ、確かに彼の作品であった。

ビデオには、山男のコーラスに交じって、おしゃべりしていたりして、山を愛する彼とコーラス仲間の強い友情が見られた。そこには、フェルトに刺さった針の先を感じるほどの音に対する彼はいなかった。

## テクニックの修得

テクニックの勉強をする上で必要だと私が思うのは、スポーツ選手につくコーチと同じ立場で訓練する教師の存在である。スポーツ選手のコーチは自分が表に出るのでなく、外側から見て、どこに問題があるか、どうしたら最善のフォームがとれるかを徹底的に訓練させる。これは、本人が気のつかない客観的に見た上での判断を分からせるための鍵である。

歌の場合、スケールやアルペジオなどはレッスンの初めに声を温める意味で行われるが、それだけでは、到底テクニック修得に到達できないと私は思う。この前の段階で行われなくてはならない基本的なこと、つまり、声の出し方である。単にスケールというが、スケールを歌の中でどれだけの人がきれいにむらなく出しているのだろうか？　レジスター

（声区）をどう解釈しているかが分かって初めてできるからである。

スケールでもアルペジオでも大切なことは、音がフルートのようにつながっていること。レガートで歌えなくてはならない。それにはまず声の出だしの位置が呑み込めていなければならない。その上で息と一緒に、息にのってレガートで高い音まで均一な声で歌われるのが、スケールである。

アルペジオも同じく音と音の距離を感じさせずに、レガートに歌われなくてはフレーズにならない。この際喉に力を入れたり、怒鳴ったりするのは避けなければならないが、正しいメソッドが身についていなければ、それに頼るよりほかない。

だからといって、声の訓練ばかりでは歌の勉強にはならない。この訓練を歌に当てはめていくこともテクニックの勉強に含まれる。

手元に昭和三十六年に音楽之友社から発行された『名曲解説全集』があるが、宮沢縦一氏解説の「ノルマ」の項にこう書かれている。

「ノルマはいわゆる英雄オペラであり、プリマ・ドンナ・オペラとよばれるオペラである。ノルマをつとめるものはベルカント唱法の名手で、声と技と風格を持った歌手でなくてはならない」

このためノルマは稀にしか上演されず、日本では未だに上演されないでいる、とある。宮沢氏が書かれた時から六十年くらい経っているので最近の日本のオペラ界を知らないが、ベルカントの極みを持つ歌い手は、未だにいないのではないかと思う。

## 私の生徒ビアンカ

ビアンカはプロフェッショナルな歌手を目指す最初の生徒で、私の元に来た時は十九歳であった。彼女曰く、三歳の頃から歌手になりたくて、十三歳の頃から勉強を始めたそうだ。コンセルバトーリオの生徒で、テナーのマスティーノのクラスの二年生であった。サルデーニャ島出身のマスティーノ先生は夏休みには希望者を連れてバカンスを兼ねた歌のレッスンをしたりして、親身になっていたようだが、コンセルバトーリオに戻ると、どういうわけかイライラしていて、喧嘩(けんか)したり怒鳴り散らしたりレッスンにならない方が多くなった。彼女の友達のグローリアも同じクラスで、先生に悩んでいた。そんな時同じ町に住んでいたという縁でグローリアが、私の所にビアンカと訪ねてきた。声を聞いてみて、素直できれいな声だが、テクニックの勉強の必要性を感じた。彼女たちもそれを求めていたので、「一緒に勉強しましょう」ということになった。数か月したある日、先生が彼女らの変化に気がついた。学校外にレッスンに行っているだろうと言う。「いいえ、勉強に身を入れています」と言っても、信じてもらえず怒鳴られることがしばしばあった。

その翌年マステイーノ先生は故郷のサルデーニャに帰って教鞭をとることになり、代わりに私の友人のスカラベッリが来た。スカラベッリはソプラノ歌手で、モーツァルトを得意としていたが、コンセルバトーリオの先生としてきた時は、一線からは遠のいていた。レパートリーはビアンカと同じ、声の質も同じで、安心して任せられたが、ビアンカはその後も私の所に週三回通ってきた。

ビアンカは両親の教育が行き届いていることを感じさせる、自立精神と人間性にあふれていた。頭もよく、しかしそれを見せない謙虚さもあり、彼女から教わることもしばしばであった。こちらから与える曲はもちろんだが、自分の歌いたいもの、勉強したいものについてもはっきりしていて、若いのに偉いと思った。コンセルバトーリオでは時々抜擢されてペルゴレージのオペラなどを歌っていたが、役作りなど自分で創り出して、ひときわ目立っていた。

コンセルバトーリオの卒業演奏会（試験）では最高点で、立派に歌っていたが、自分なりに満足せず厳しい評価を自分に向けている姿勢には、早くもプロフェッショナルな歌手としての要素を見てとれた。

私の発表会で、メノッティの「でんわ」のアリアを歌った時に、家から真っ赤な大きな受話器を持って来て、舞台装置とし、自分で「ヘッロー」などと動きも工夫していた。また、オッフェンバックのホフマン物語のオリンピアのアリアを歌った時にも、人形の後ろにつけるゼンマイを持って来て、ネジを友達に巻いてもらったり、こちらで何も言わなくても、自分で工夫してくる自発性に恵まれていた。

今では歌手として、ヨーロッパからアジアまで活躍しているが、たまに彼女の舞台を見に行くたびに、役にはまって立派に舞台をこなしていて、私の役割はすでに終わった、一人立ちしたアーティストのビアンカだと感じている。

## カンツオーネとイタリア

テレビを何気なく見ていて消そうかなと思ったら、俳優のラウル・ボーヴァが椅子に座って涙している。思い直してそのまま見入ってしまった。カンツオーネ・セグレタ、秘密のカンツオーネというタイトルで、彼の心に残るカンツオーネや、それを歌った歌手、それにまつわる彼の生い立ち、友達、家族などを綾にして登場させるというものであった。六、七人の彼の友達、家族の男たちが、生まれ故郷の歌を無伴奏でハモっている、実にいい！

ロックダウンの下、抱擁もキスもできない中で、心に響く再会と思い出で、感涙するというプログラムではあったが、カンツオーネに心動かされた。特に言葉、歌詞の内容に。

イタリアで発見したことの一つに、音楽は、クラシックだけではない、民謡、カンツオーネ、山男の歌、地方に伝わる地唄など、ポピュラーなものの中に、心に響くことが多々あるということがある。作詞者の中には、詩人としかいえない人が多い。そして、また曲が素晴らしい。カンタウトーレ、作詞作曲をして自分で歌う人も多い。クラシック音楽にも民謡などから生まれた歌曲もたくさんある。

日本人もナポリ民謡は好んで歌っている。

一人一人の心にこの曲はというものがあって、それを、大きな声で歌って開放する、何よりな健康法ではないか。

## 私の生徒（日本人）

イタリアに勉強に来る人に歌を教えるつもりはないが、テクニックの重要性には気を向けてほしい。三十代後半になってくると、それまで気がつかなかった問題が出てくる。テクニックの不足といえるだろうか。二十代には考えてもいなかったことが少しずつ頭をもたげてくる。気がついても今更ということで、歌い続けている。若い時にテクニックの基礎を築いた人は、さらに修練を重ねていくが、基礎のない人は、なぜか問題が分からないまま、欠陥の上を歩き回るのみで、上達が望めなくなってしまう。時間的、経済的に限度があるので、焦って、有名な先生の門をたたく。有名な先生は、基礎から教えるなんてまずしない。外側から見て、気がつくこと、例えば声を前に持ってきなさい、呼吸法、支え、横隔膜を使いなさい……等々。または、表現、言葉の使い方、演技など実際に舞台で必要なことを、先生の経験を通して教えてくれる。先生自ら歌ってお手本を見せてくれる。それらは、テクニックの不足を補うのではなく、やりたくてもできないジレンマに陥るのみとなる。物真似はあくまで物真似で、自分の中から自由に出るものではない。

もう一つは、それまで歌ってきた癖をとることの難しさである。イタリア語で喉ができてしまっている、固まってしまっている。で、癖をとって白紙にするほど難しいことはない。数年かけて勉強してよくなっても、同じ曲を歌うと、ともすると前の癖が出てしまう。

私の所に来ている日本人の生徒は、正にこの問題に突き当たってしまった人たちで、テクニックの重要性が分かり、問題点を乗り越えて、自由に歌える段階に来ている。

何より嬉しいのは、彼らが、困難を乗り越えて、自分でさらに進歩する、追求する道を歩みだしていることである。楽に、思うように声が出ることは、アーティストとして立派に歌えることだと信じている。ひいては、国際的にも活躍できることである。

あらゆる情報システムの世の中にいても、テクニックを磨くことは、スポーツ分野と同じくコツコツと毎日の欠かさぬ修練によるものだからだ。

## 私とマリア

初めてイタリアの地に足を踏みしめたのは、かれこれ五十年前になる。私より一年早くに来ていた友人が、ペンションを探しておいてくれ、「7月22日通り」のギーニ宅に荷をおろした。家族は六人の子どもに夫婦と合わせて八人、三人部屋と二人部屋に下宿人がいて、合計十三人が一軒のアパートメントに住んでいたことになる。私は二人部屋にマリアと同室になった。着いたのは十一月末の冬の寒い時で、暖房のほかに、大きな暖炉に真っ赤な火が燃えていた。

ソファーや椅子に腰を下ろして家族の一同に紹介されたが、言葉が分からないまま、彼らが何を言っているかは、およその想像で解釈した。長い緊張した旅から解放され、暖かい暖炉の前で、ともすると目を閉じてしまい、家族の理解で早々に眠りについた。隣のベッドにいるはずのマリアはまだ帰っていないので、先にベッドに入って眠りかけた。緊張感からか、すぐには眠れず、うとうとしかけた時マリアが帰ってきた。すでに私の到着を知っていたと思うが、洗面所に行き私の目を覚まさないよう着替えをして、ベッドに入った。その瞬間けたたましい声で叫びベッドからとびおきた。薄暗い電灯の下で何が起こったかびっくりして、私もはねおきた。何を言っているのか全く分からない。分かったのは、ベッドの中に何者かが潜んでいたくらい。掛け布団をはいで、中を見て、さらに大騒ぎになった。子猫が寝ていたのだ。暖かい布団の中でいい気持ちで寝ていたのを起こされた上に、大きな声で叫ばれて、猫もびっくりして、マリアにとびかかった。猫嫌いな彼女、生気をなくしてさらに悲鳴をあげる。家中が何事かととんでくる。猫はいつの間にか逃げてしまい、ようやくマリアも一息ついて、と同時にギーニ夫人にくってかかった。なぜ彼女のベッドに子猫を入れたのかと。これが、私とマリアの邂逅(かいこう)第一日目であった。

彼女は大学生で教育学部に所属していた。私のことが気に入って何かと話しかけてくるが、こちらは聞きわけもできないので、シーシー（はい）の連発。翌日から私にイタリア語を教えるという。喜んでシーシーと同意する。スプーンを、クッキアイオという。「ノートに書け」。「ノー！　クッキのcは二つ書け」。その次は、彼女はタバコを吸っているので、「灰皿、ポルタチエネレ、ノートに書け」。次はコーヒーを飲みたいから「コーヒー、カッフェ、ノートに書け」。

三つの単語の後は、「アイスクリームを食べに行こう」と誘う。「シーシー」と子犬のごとく従う。ある日「カーキ色のスカートが欲しいけれど、カーキ色はイタリア語で何というの?」と聞くと、「メルダ」と言う。「ノートに書け」。ノートに書いて、お店に行った。カーキ色のスカートが欲しいと言うと、女店員さん、「え?」と言うから、メルダ色のスカートが欲しいと言うと、腰を二つに折って大笑いする。気に入ったスカートを買って帰り、母親のようにかわいがってくれる夫人に、メルダ色のスカートを買ってきたと言うと、その言葉繰り返してごらんと言う。マリアに聞いたんでしょうと言うから、「はい」と言うと、夫人、頭から湯気を出して、「マリア、ここに、すぐ来なさい! 外国人になんということをするの! 謝りなさい!」と、怒られていた。大衆語でメルダは、うんちのこと。お笑い話。

## ナポリでのハプニング

ナポリと言えば、すぐにカンツオーネ、ナポリ民謡、ピッツァ、そして、スリが頭に浮かぶ。

イタリアではオペラに並んで、庶民的なオペレッタの公演は盛んで、毎年行事として愛されていた。その公演団に抜擢されて、イタリアで初めて日本人のソプラノ歌手が歌うと新聞に写真入りで大きく出た。インタビューもあり、こんなことを自分で言ったかしらと思うようなことも書かれていた。支配人はコルッチ、総監督は舞台役者でもあるアルバーロ・アルヴィージ、テナーには往年の名歌手レナート・チョーニ、エドガルド・コラッリ、ソプラノはアマンダ・デイ・トウッリオ、に私。役者、イギリスの舞踊団、オーケストラ、衣装、等々総勢四、五十人で編成されていた。またジャーナリスト、カメラマンなども行く先々に現れた。興業に必要な人たち、舞台裏から支配人に至るまで、地方巡業で行動を共にした。私の契約書は一年半近い期間で全イタリア地方からマルタ島、フランスにまで及んだ。暮れからお正月にかけて、半月ほどナポリに滞在した。

ある日劇団員のリリアーナとナポリの町の散歩をしようということになった。ホテルの人も皆口をそろえて、お財布や貴重品は持ち歩かないようにと言う。いくらかの現金をポケットに入れ、ハンドバッグや身分証明書などはホテルに置いて出た。リリアーナは長年巡業しているので、勝手知ったりとばかり、ほとんどの指にはまっていた指輪をはずして金の鎖状のネックレスに通した。その上にハイネックのセーターを着て、毛皮コートを羽織って出かけた。クリスマス休暇中で町は光のさざめき、陽気な人々の喧騒に我々もしばし浮かれて歩いていた。

ふと組んでいた腕をおして、リリアーナが、向かいからこちらに来る人を目で追って、「見て、何てハンサムな紳士でしょう」と言う。私の目も彼に注がれた。エレガントな金髪で目の青い青年がそんな我々の会話、仕草に気がついて、近寄ってきた。チャオと言って、彼女の肩に手をかけた。そのまま彼は立ち去ったが、その瞬間小さな子どもが、勢いよく走りだした。それを見た途端、リリアーナは首に下げていた鎖のないことに気がついた。

「修子！　あの子追っかけてー」と言って地べたに崩れ落ち、半分気絶してしまった。私としても彼女を置いて、子どもを追いかけるわけにいかないので、しばらくはただ、呆然と立ちすくんでしまった。あの長い金の鎖にぶら下げてあった指輪は、代々受け継がれた宝石で、おばあさんやお母さんそして恋人からのものや心に残る大切なものであった。

気絶から目が覚めた途端、彼女は鼻から白い息を吐きながら、警察に行こうと私を引っ張って歩きだした。警察署長は即座に、貴重品をぶら下げて歩いた彼女が悪いと言う。どうしようもないから、明日の朝、闇市場に行って見てこい。そのままであるなら、交渉して手に入れるのが唯一我々の言えることである、と。

## ボエーム・プッチーニのオペラ

ヴェルディの後を継いで、情感豊かな作品を生んだプッチーニのオペラは世界中から愛され涙をさそわれる。私も歌いながら感傷的な気分になり涙をこぼしたことも、何回かある。さすがイタリアだと思わせるオペラ愛好家はたくさんいて、誰々の歌ったミミはこうだとか、今歌った歌手は泣かせないとか、喧喧囂囂(けんけんごうごう)である。パリの芸術家や学生のたむろするラテン区に舞台を置き、貧乏を物ともせず毎日を闊歩する詩人のロドルフォと縫い物で生活を立てているミミの恋物語。

自己紹介するロドルフォとミミのアリア、「冷たい手を温めることができたら……」「私の名はミミ」は名唱で、誰でも必ず歌っている。

このアリアほど、難しいものはない。私はミミを何回も歌っているが一度として満足したことはない。第一に名歌手の歌った物が耳に張りついている。そしてそれは、真似のできるものではないが、定石のように、こう歌われるべきというような、型ができている。それを聴衆も頑として望んでいる。テンポ、ポルタメント、レガート、フレーズ、ピアニッシモ、自分の中ではこう歌いたいと思っていても、その型にどうしてもはまってしまう。そうでなければ、この歌ではないと言えるほどに。それは、プッチーニの意図を忠実に表しているのであろう。それなら情感的に私のミミを歌えばいいと思うけれど、どうしても型に取られて、それが思うようにできないというのが、正直言って、私のミミである。

一幕最後の二重唱でロドルフォとミミが、アモール、アモール、アモールと最後に二オクターブ上のドで終わる。「原譜ではテナーは下がるけれど、皆ドを出したがる」。

ほとんどのテナーは、アクートを長く保つのが苦手なのか、私にサインを送るから、一緒にドを終わってほしいと言っていた。自分だけ先に終わるのは、あまりかっこうよくないと、思ったのかもしれない。これは、エピソードの一つ。

## マダム・バタフライ〝蝶々夫人〟

イタリアで最も影響を受けたのは、イリス・アダミ・コッラデッティ女史。歌の先生で、往年のソプラノ歌手である。多くの歌手が辿る、離婚を経て、ヴェニスのコンセルバトーリオで教鞭をとり、たくさんの生徒を世に出した。どういうわけか、日本での柳兼子先生と同じく七十歳を過ぎていて、私の運命かもしれない。

その先生が言われるのは、容姿にあったオペラで、デビューするべきだと。バタフライ、トゥーランドット、イリスあたりから、始めましょう、そうでなければ、仕事が来ない。アジア人の顔で金髪のデズデモナ、トラヴィアータなどは、余程の経験を積んだ後にしか望めない。というわけで、この三つのオペラ全曲を勉強した。

バタフライは細微に至るまで、徹底した教えを受けた。プッチーニは、日本を知らずにこのオペラを書いたのにも関わらず、バタフライは私の心情にぴったり合致して、あたかも、自分自身であるかのように感じた。楽譜を読みながらプッチーニの気持ちが直に伝わってくる——そういう魅力が、彼にはあると思う。テバルデイをはじめとして、偉大なソプラノ歌手の歌うバタフライには、あどけなさの残る、無垢な日本人の可愛さはどうしても、出ない。かと言って日本人が歌ってそれが出るかというと、逆にイタリア人的に表現したいと思うのか、出ないことが多い。バタフライはプッチーニによって、何回か改作されているが、最初に出版されたものを歌う機会にめぐまれた。

トスカーナ地方、オペラ・バルガである。今日(こんにち)の版に比べて、バタフライはもっと子どもっぽい。配役も多い。少し長すぎる感もあったりするが、今日のに比べて性格描写が素朴な気がする。歌い終わったら、会場から熱い拍手があり、涙を浮かべている人もいて、自分がバタフライであるかのように、瞬間思えたものである。

## 本にしたい私の気持ち

歌の勉強にイタリアに来て、かれこれ五十年になる。世界中にコロナウイルスが浸透して、外に出ることも、人に会うことも難しくなり、家に閉じこもっている中、何か自分にできることはないかと思い、ノートに書き出してみた。頭に浮かぶ様々な思いは尽きることがないほど湧いてくるが、中でも私の経験と、様々な人から受けた恩恵を、若い人たちに還元したい、というのがテーマである。

それは何か、テクニックの重要性に尽きる。

若い人たちがたくさんイタリアに勉強に来るけれど、何を勉強したいか、はっきりした目標を持っている人はほんの少し。ほとんどが、有名な先生についてとか、コンクール、オーディションに勝って肩書きに花を添えることに夢中である。いろいろなオペラの勉強をするのもいいけれど、それらを歌えるだけのテクニックがなければ、譜面読みに終わってしまう。

そして、行きつくところが、いかにテクニックが不足しているかで、そう感ずる時には、遅いのだ。思うように声が出ない、アクートに力が入ってしまう。ピアニッシモができない、低音から高音まで均衡のとれた響きにならない、装飾音ができない、等々。

仮にその目的ができたとしても、根気よく、熱心に教えてくれる先生は少ない。面倒くさいし、実際にそのためのメソッドを持たないからだ。有名な先生は、経験を生かして教えるので、生徒の欠点に対してどう解決すべきかは分からない。それにレッスン料が高く一週間に一度がせいぜいで、それでは、とても身につかない。実際声を前に持ってきなさいと言われても、どうやって？　ということになる。息で歌いなさいと言われても、今までポジションが喉にあった人には、皆目分からない。横隔膜を使いなさいと言われても、横隔膜が歌うのではないから、どう使うのか分からない。舌が上がっている、顎に力が入っていると言われても、どうしたらそうならないかの、答えはない。指摘されても、どうやったらよいのか、がんばりようがない。

教師はスポーツ選手のトレーナー的要素を持って、テクニックにあたるべきで、客観的な見方に立って教えて、生徒も一体となって、納得できるまで訓練するべきと思う。

物事には必ず必然性があるもので、こうすればこうなる、なぜこうなるか？　はこうするからだというように。例えば顎に力が入ってしまうのは、舌が上がって喉に力が入ってしまうからで、舌を自然に下顎に置くことによって、上口蓋が開き、力を入れずに声がポジションにはまってくるのだ。

教える側と、教わる側と一体になって、納得できるレッスンが理想であり、そうでなくてはならないと、私は確信している。テクニックは謎ではないから。

## イリス・アダミ・コッラデッテイ先生と私

テナーのジャンニ・ライモンドの紹介で、先生と知り合えた。七十歳を超えていたと思うが白内障手術の後で、目が疲れやすく、少し無理をすると、両眼が真っ赤になることがしばしばあった。一人暮らしで、毎朝彼女より十歳下くらいの、確かテイーナというおばさんがやってきて、掃除、洗濯一切の家事を受け持っていた。先生は彼女を頼りにしていて、一切を任せていた。時々パドヴァの方言で尻上がりに話すのを聞いて、何とも言えない懐かしさをおぼえたものだ。家のことで意見が合わないと、先生は笑ってお手上げになり、誰がこの家の主人か知っている？　修子？　私じゃないのよ！　と言っていた。二人共相手を知りきった家族の一員のようにしていて、いい関係だなあと思った。

その頃は先生の生徒の、カテイア・リッチアレッリが、国営放送局で行われたコンクールに勝って活躍中で、よく彼女の話が出た。ソプラノ歌手のカテイアは母子家庭で、経済的に厳しい生活をしていた。先生は七年間、自宅とコンセルバトーリオの両方でレッスン料なしで教え、その代わりにカテイアが世に出た時に、出演料の何パーセントを払うということにしていた。

時として先生の知らないオペラを、カテイアが歌うことになると、一日中総譜にかじりついて、全てのパートの勉強をしてから教えていた。そんな時は、目が真っ赤になっていて、私にもよく分かった。

私は先生にとてもかわいがられた。よく、私のことをトポリーナ（ネズミちゃん）と呼び、私の言うことがおかしいと言っては笑われた。愛情あふれる笑いに、私も一緒になって笑った。

私はミラノに住んでいたので、パドヴァまで当時汽車で四時間を費やした。通勤、通学の人々、観光でヴェニス方面に行く人で、帰りの汽車は、週末には座れないこともあったけれど、苦労にも思わず通った。

レッスンは、先生を怖いと思ったことはないけれど、音楽に没頭する厳しさで、毎回が充実したものであった。先生はソプラノ歌手であったにも関わらず、コレペチトールのごとくピアノを弾き、総譜を見ながら、他のパートも歌ってくださり、表現、演技に至るまでの、総合的な物を含んだレッスンであった。そして、折に触れて、演奏会に出され、たくさんの経験を積むことができた。

当時、先生はヴェネト地方一帯によく知られていて、相談役などもしていたので、アレーナ・ディ・ヴェローナの総支配人や、各劇場のディレクターなどからも、コンサート依頼もあり、そんな時にはいつも、先生と一緒に出かけ、歌うことができた。

忘れられない思い出であり、二度とこういうレッスンにはめぐりあえない。一度カテイアと会って、コッラデッテイを偲びたい。

## マエストロ　師匠　師（シルベストリ）

イタリア語でマエストロ、日本語では、師、師匠、巨匠と辞書にあるが、日本では一般に先生とよんでいる。女性名詞ではマエストラで、前者は男性名詞である。

私は日本で育っているので、目上の人、社会的、年齢的に上の人には尊敬語を使ってきたが、イタリアでは、親しくなると、Tu（友達に対する呼称で、尊敬語はLeiとなる）呼びになり、またそれを望む先生もいる。イタリア人の友達が、同じ先生を、Tu呼ばわりするのを聞いて、ある種の羨望が湧いてくるけれど、そして、先生も私に友達言葉で呼びなさいと言われても、私にはできない。理由があるわけではないが、尊敬の念、立場の違い（教わる側と、教える側）を、意識するからだろうか？

マエストロ・シルベストリは、長年スカラ座のオペラ歌手のピアニストを務めてきたベテランで、かつての名歌手、カルーソー、ジーリ、スコット、ルッフオ、カラス、テバルデイなどと一緒に仕事をしてきた。私がバスのマルキーカに紹介された時は、すでに八十歳近くであったと思う。

年金受給後も自宅で往年の歌手や、今を盛りの歌手とコラボレーションしていて、経験の薄い私など鼻にもかけない態度で、「私は大歌手としか仕事をしないが、せっかくここまで来たので、聞くだけ聞いてあげよう」とピアノに向かった。歌いだしてみると、さすが、未だに覚えたことのないピアノで、伴奏などでなく、曲を作曲者の立場で解釈していて、思わず先生に引っ張られるようにして歌った。この時の高揚感は、未だに胸に焼きついている。

歌い終わった時、マエストロは、「私は専門家しかとらないが、あなたの歌を聞いて、とってあげよう」と言われて、天にも昇る思いで家に帰った。そして、毎週一度、一時間のレッスンに通いだしたが、一時間はあっという間に過ぎて、オペラ全曲やるのにはとても間に合わない。マエストロにお願いして、遠くから通ってくるので一回、二時間にしてもらった。

ある日レッスンに行ったら、「今朝はレナータ・スコットさんがみえるので、あなたはそれが終わってからにしましょう。その代わり隣の部屋でレナータを聴きなさい」と言われて、そんな嬉しいことはないので、喜んでと言って隣の部屋に座った。間もなく、ソプラノ歌手スコットさんが現れて、マエストロと抱擁し、友達言葉でおしゃべりして、オペラスコアを断片的に歌いだした。ああ、これこそイタリアオペラの真髄だ。レチタティーヴォといい、歌い方といい正にメロドラマの迫力が満ちていた。

マエストロのピアノは、オーケストラであり、歌であり、彼が作曲家ではないかと思わせるような音楽であった。

数年後、あるアカデミアでスコット女史から賞状を受け取った時に、あの時隣の部屋で盗み聞きしていた話をして、大笑いした。

## マエストラ　マルクッチ

パルマのコンセルバトーリオに二年通い、ミラノに移った。当時、日本で音楽大学を卒業した者は、四年生に編入され、最後の年（五年生）にデイプロマがとれた。数年前にコンセルバトーリオも、大学制度になったが、それまでは専門学校の一種であった。

ミラノに五年生で入った時に、声楽のマエストラはマルクッチで、この年の終わりには退職して、年金生活になると言っていた。いかにも早くその日が来ないかなというごとく、何かというと、ああ、私はもうじきやめるからと、あまり教える興味も情熱もなく、編み物などしながらレッスンしていた。私は、学校外にレッスンに通っていたので、あまりいろいろ言われない方が良かったので、学校ではそれで良かった。デイプロマを一応とっておきたかったために、席をおいていた。ところが、マエストラは勉強の進んでいる私を誇りに思い、何かと便宜を図ってくれたり、食事に誘ってくれたり、かわいがられた。時には歌の勉強を始めて浅い生徒のピアノ伴奏なども、仰せつかった。ある日一年生に入ったばかりのピーナという十九歳くらいの若い子がドアーを押して入ってきた。先生は私のピアノでヴォカリーズを弾かせ、ピーナに歌わせた。

その後レッスンの時間の打ち合わせをして、ピーナは部屋を出ていった。先生は私に、ああ、めんどうくさい、あんな初歩の子を辛抱強く教える気力ないわーと打ち明けた。あと一年で退職するのでという気持ちは分かるけれど、喜々として入った生徒が、かわいそうにと思わずにはいられなかった。しばらくして、洗面所に立っていくと、何とピーナがそこにいた。余計なお世話と思ったけれど、違う先生のクラスに行くように勧めた。

ピーナは二度と、このクラスに顔を出さなかった。そして五、六年後、国営放送局のオーディションでばったり行き会い、ピーナは私に声をかけてきた。

「あなたのお陰で、素晴らしいマエストロについて勉強できました。覚えてますか？ ご親切は、忘れられません」

マルクッチ先生は、ベニヤミーノ・ジーリと、カヴァレリア・ルスティカーナの初演をスカラ座で歌い、レコードも出している。マスカーニ直々のお名指しであったそうだ。

卒業演奏会には、真夏の暑い日だったので袖なしのワンピースで行ったが、会場は冷房が効いて寒くて困っていると、先生が肩から大きなショールをはずして、かけてくださったり、温かい飲み物をもたせたりして、優しい心がけで励ましてくださったのを思い出す。

## ベルカント唱法の魅力

一口に言える言葉は〝美〟である。無理なく、自然で、自由に歌える魅力はベルカント唱法なくして、ありえないと思う。イタリア語の譬えに〝Meglio tardi che mai.〟、遅くても、ないよりはましというのがある通り、私は歌の勉強を始めてだいぶ経ってから、この魅力にとりつかれた。イタリアに来た目的であったが、正直言って若い頃には、その必要性はおろか、ベルカントとは何かさえ漠然としか理解できなかった。日本では特にテクニックの勉強、訓練はしなかったように記憶している。イタリアに来て、自分の問題点にぶつかって、それらをどうやったら解決できるのかと思いだした頃から、ベルカントのテクニックを追求し始めた。

一番の困難は、これを教える先生を探すことで、数年を費やした。日本もイタリアもおそらく、世界中で歌の先生はそのほとんどが、昔歌手であったか、稀に現役で歌っている人で、基礎からみっちり時間をかけてテクニックの勉強に力を入れる人はまずいない。どういう方法でレッスンするかというと、まず、ヴォカリーズを二、三やって、すぐに歌に入る。テクニック面に問題があると、先生自ら歌って聞かせるか、顎に力が入る、口を開きなさい、声を前に持っていきなさい、呼吸はデイアフランマで、とか言葉で言われても、それではどうしたらいいのかさっぱり、謎の世界に足を運ぶのみで、考えても良い案は見つからない。

歌の先生は、スポーツ選手のコーチ的要素を持って基礎的なテクニックの勉強に当たらなければならないと思う。生徒の間違いに対してなぜそうなるか、こうすることによって解決できるなど、生徒を客観的に見た上で、分かりやすく説明し、訓練するべきと思う。これには先生としての能力を必要とするので、単に歌って聞かせるだけでは、無意味である。優れたスポーツ界のコーチは、徹底的にテクニックの機能性を持って訓練に向かっている。フィギュア、水泳、体操などは身体の動きに無駄なエネルギーを使わず、科学的と言ってもいいほどに、集中した自然な動きに徹底している。生徒の誤りを理解した上で、その問題解決に向かえることのできる人こそ、よい教師といえる。

この世界は、狭き門であって、競争も激しい。有名な先生についても、実にはならない。そういう先生のレッスンは、プロフェッショナルな面、表現するレチタティーヴォの言葉遣い、レガートなど最後の仕上げには、大いに勉強になるが、テクニックの勉強にはならない。それに、レッスン代も非常に高い。一週間に三度などと言ったら、破産してしまう。

イタリアに行くなら、何を学ぶか目的を持って行かないと、あっという間に時間が経ってしまい、とるものもとれないで、帰ることになってしまう。

物事の真髄に触れることは、自然に触れることにつながるのではないか？　と思う。

# 年金

多くのオペラ歌手を目指してイタリアに来た日本人で、何人年金をもらっている人がいるだろうか？　もちろんイタリアに残っている人を指すのであるが。それは、歌うことで生活している人はほとんどなく、他の仕事にやむなくついているか、結婚しているかのいずれかである。

ローマにいる康子さんとは、国営放送局の専属歌手として知り合ったが、それ以来今日まで親しくしている。時々彼女が口にするのはコロナウイルスの厳しい状況下にあっても、我々は年金生活ができるという幸運を持っていることだと。そう言われてみると、改めて実感する。

私の正に幸運は、最後の十年間をＲＡＩ国営放送局のオーケストラ合唱団に入ったことである。ソリストとしての難しさ、結婚してイタリア人の夫との生活を考えて、国で募集したコンクールに、日本人で初めて入った。現在のスカラ座のアートディレクターであり、指揮者のシャイリの父親は、偉大な作曲家であり、音楽家であるが、私のコンクールの日には、審査委員長で臨席していた。ミラノ駅前にある高層ビル、ピレリの劇場で歌いだした途端に、マエストロは舞台に飛び乗って、ここはこうしてごらん、ああしてごらんと、意気投合したレッスンとなった。オーディションの舞台でレッスンになるとは、何と楽しいことであったか！　一〇〇人近くの応募者から二人選ばれその一人が私であった。

数年してオーケストラの指揮者として、息子のリッカルド・シャイリが来て、一緒にコーヒーを飲んだり親しくしたが、今は世界的な指揮者として、円熟した演奏をしている。

この国営放送局には、ミラノ、トリーノ、ローマ、ナポリにオーケストラ、合唱団が存在していたが、オーケストラ一つのみ存続させて（トリーノ）、後の三つの団体は解散するという憂き目に遭った。一九九二年のこと。しかしさすが国営放送局、団員を路頭に迷わせることはせず、三項目の条件を提供した。

一、年齢的に年金に近い人は、退職金をさらに付随した額をもって辞める。

二、自分は辞めて娘、息子を就職させる。

三、仕事の内容を替えて、他の部門に残る。

私の場合は年金には年数の不足があり、音楽コンサルタントの部門に厳しい試験を受けて、残ることができた。オーケストラ団員が、事務的な仕事をせざるをえない中で、私は幸運にも、音楽関係の仕事に就くことができた。

そこに五年いて、イタリアの年金制度の改革が行われるひと月前に、年金生活に入った。これも幸運で、一か月後には法律が変わって、十年間はさらに仕事をしなければならないということだった。国家公務員共済会のディレクターは、私の数少ない年限を見て、この方は何てお尻が大きいんだろう（揶揄で、幸運だろうということ）と言って、驚いていた。

幸運に感謝している。

## La mia Shuko　Amorosi, 09/02/2021　その11

Conosciuta per caso ma un caso veramente fortuito, si vede che avevo meritato un bel premio e così l'ho riscosso.

Una donna eccezionale con il suo "giappoliano", difficile a tratti da capire ma dopo poco ci fai il callo.

Allegra ma anche bizzarra, sincera fino al midollo e tanto materna e ospitale.

Cosa posso raccontare di Shuko? Mille pensieri affollano la mia mente ma comincio subito:

Dopo anni di ricerca di un bravo insegnante di canto mi sono imbattuta in Lei tramite un altro Maestro da cui studiavo Teoria e Solfeggio ed è stato subito amore, non solo mi ha donato la Tecnica del canto, venivo da un fastidioso precontatto causatomi da un Maestro che utilizzava una tecnica di affondo tipica dei Tenori. Questa esperienza negativa aveva comportato danni, per fortuna non gravi, alle mie corde e non aveva in alcun modo giovato al mio modo di cantare anzi ero diventata molto più insicura e mi ero convinta di non essere in grado di poterlo fare bene. Ricordo che il più delle volte la mia lezione con il Maestro terminava dopo mezz'ora per calo improvviso della voce e l'altra mezz'ora ero costretta a fare solfeggio per l'impossibilità di cantare ulteriormente. Spesso tornavo a casa piangendo e attribuendo a me stessa ogni tipo di insuccesso. La verità era, col senno di poi, che la mia corda veniva strapazzata e appesantita, c'era così

tanta costrizione quando cantavo che era inevitabile che andasse in sofferenza, ma questo l'ho capito solo dopo con il tempo, con la conoscenza e con lo studio.
Il mio primo approccio giusto al canto l'ho avuto proprio con Shuko, io ero a Milano per lavoro e, come detto, l'ho conosciuta tramite un altro Maestro, in poco tempo ho fatto dei miglioramenti insperati, sentivo la corda fortemente alleggerita e non ho più avuto, durante le lezioni, alcun tipo di problema, anzi mi stancavo più a stare in piedi che a cantare（scherzo ovviamente）. Shuko lavorava molto sulla corretta posizione del suono, metteva grande attenzione al riscaldamento vocale, essenziale per una corda spessa come la mia, e non risparmiava continui consigli e annotazioni sulle cose da migliorare.
Quando ho lasciato Milano per tornare in provincia di Benevento ho continuato per un altro anno a salire una volta al mese per le lezioni e, pur non frequentando più con cadenza settimanale, la mia voce trovava grande beneficio dall'impostazione ricevuta e per il resto del mese riuscivo a studiare da sola, in autonomia e senza il timore di farmi male.

Quando non ho potuto più frequentare le lezioni mensili a Milano, perché impossibilitata a spostarmi, mi sono messa alla ricerca di un altro bravo Maestro che vivesse nei pressi o della mia sede di lavoro o del mio domicilio. Una ricerca estremamente difficile se hai già frequentato un corso di canto con un Maestro come Shuko. Cercavo una guida che mi permettesse di dedicarmi alla mia originaria passione: la musica moderna e dopo una breve esperienza, senza infamia e senza lode, con un'altra insegnante donna, esperienza utile a tenere solo in allenamento la mia voce, che ne ha tanto bisogno, avevo registrato una piccola regressione vocale e quindi un ritorno del precontatto. A quel punto mi sentivo frustrata ero in una situazione di stallo, non stavo migliorando nella direzione che volevo e anzi riaffioravano i vecchi problemi. Dopo qualche mese di ricerche, ho lasciato questa insegnante e mi sono gettata a capofitto in un percorso formativo di didattica del canto moderno che mi ha permesso di conseguire una laurea di I livello con la West London e che soprattutto, grazie alle basi ricevute e alle nuove nozioni acquisite, mi ha permesso di sistemare nuovamente la mia corda con un metodo altrettanto efficace a quello di Shuko e di dedicarmi all'insegnamento del canto moderno.

Tutto ha avuto inizio da Shuko, il canto non è sofferenza quando conosci la tecnica cantare è semplice e non vanno assolutamente trascurati gli aspetti emozionali, noi cantiamo con il corpo è per questo che dico che Shuko, oltre a donarmi la conoscenza della tecnica ha anche potenziato la mia autostima e supportato la mia tenacia nel perseguire gli obiettivi che mi ero prefissata, severa ma non dura, tenace ma non ostinata, diretta ma mai offensiva. Sono queste le caratteristiche che, secondo me, dovrebbe avere un bravo insegnante e per me sono state fonte di grande ispirazione.

La mia Shuko è un mondo tutto da scoprire seguendo le indicazioni che ti propone, una grandissima professionista ma non si atteggia, è scrupolosa nel suo lavoro e diligente proprio come la sua cultura impone.

Ho trascorso con Lei intere giornate e ho sempre tanto apprezzato la sua forza e determinazione concentrata in ogni piccola attività giornaliera.

E' un grandissimo M° di canto con una vasta cultura musicale ma è anche una bella persona, dotata di grande spirito e autoironia, oltre che una cuoca eccezionale.

Con affetto

## テクニックについて　その二

修子とはある日偶然に知り合った。それまで悩んでいた自分にご褒美を与えられたごとく。

彼女は独特な人で、彼女の使う日伊混合言葉は初め戸惑ったが、謎が解けるごとく言わんとすることが理解できた。修子について書き始めてみよう。

たくさんのことが頭をよぎるが、順に語り始めよう。

その頃、私は良い歌の先生を探していた。それまでについていた先生は、いわゆるテナー特有なテクニック（フォンド）で声を下から出す、ポジションを下に置いて大きな声を出すというものであった。そのため喉に力が入り、声にむらが出て、疲れやすく、音程も不安定になり、三十分後には再び元に戻って発声からやり直す始末であった。幸い重症ではなかったが、歌うことは苦痛になり、自信を失い、帰り道涙が止まらず、せっかくのレッスンが満足のいかないものであったことを悟った。

私の正しい歌へのアプローチは修子から受け取った。短期間でそれまでの苦痛の原因が理解できた。声帯に無理なく正しいポジションで、疲れを感じない音程のしっかりした声で楽に歌えるようになった。特に私のように重く癖のある声には、最大限の注意と辛抱強さを持って、時間も顧みず充実したレッスンであった。

やがて、いろいろな事情から、ミラノを離れて故郷のベネベントに帰ることになり、一か月に一度土曜日、日曜日泊まりがけで、レッスンに通った。しかし、修子のレッスンから受けた物は、次のレッスンまでの一か月自分で勉強できた。

その後事情により月ごとにミラノに通うことができなくなり、家の近くに先生を探して師事することにした。しかし修子の後に先生を見つけることは、何と難しいことだろう！

私は元々モダンミュージックを専門にしていたので、その分野の先生に師事することにした。

ところがテクニックなしで、再び元の状態に戻り欠点が戻ってしまった。数か月後この先生をやめ、モダンミュージック部門の権威あるウエストロンドンで勉強し、資格を取って卒業した。ようやく自分を取り戻し、ミュージカル、コンサート、学校で教えたりの活動している。

修子は偉大な芸術家であり教師であり、プロフェッショナルな先生で、人間味のある、責任感が強くて、優しい先生である。

何より修子から学んだことは、歌うこととは、テクニックを土台にして、自由に歌い、表現し自然に戻り、歌う喜びを感じることである。

## テクノロジー

明け方、楽譜を手に持って、もう少し大きく引き伸ばそうと、伸縮性のある紙を引っ張って目が覚めた。これは、最近目に見えて進歩しているコンピューター、タブレット、スマートフォンなどの幻影かもしれない。今日オーケストラ総譜を抱えて歩く指揮者はほとんどいない。楽譜をタブレットに挿入してこれ一つで世界中を渡り歩く。オーケストラ団員も、歌手も、楽器演奏者も同じである。また、楽譜の調を変えるのも一瞬にしてできるし、私のごとく遅れている人間はごくわずかではないかと、自覚している。

二〇二〇年、コロナウイルスが世界中に蔓延して、外出はおろか、事務所、市役所、医療機関などの窓口も、銀行、郵便局、レストラン、店舗などもロックダウンとなった。辛うじてスマホを使える程度の私が直面したのは、予約、申し込み、カード書き換えなど、全てコンピューターの使い方であった。それも中には単純なものでなく、頭をひねっても分からないこともあり、知り合いの専門家を呼んで、コンピューターも新品に換えてこの歳になって勉強を始めた。彼は私が素直に理解できると思ったのか、これを押して、あれを押してと、概要を説明して帰っていった。一人で言われたことを繰り返してみると、いかに理解していないか思い知らされた。その時彼の言った言葉を思い出した。とにかく自分で間違ってもいいからやってみること。

自分でやってみて、分からないことを箇条書きにして、質問することにした。これだと思った。

以前、大学生の頃に道を歩いていると、車が排気ガスを出して走っているのに無性に腹が立って車などなくしてしまえばいいと思った。そして、道路の一部が、飛行場にあるようなベルト状のものが走るようにならないかなどと幼稚なことを頭に浮かべたものだが、今は汚染で大変な騒ぎになっている。

また工事現場や、警察官などの使用していた無線を発達させて、無線の電話機ができないかなーなどと思っていたが、携帯電話、スマホ、タブレットなど続々とでまわっている。

先日のニュースでは、宇宙の汚染なども問題になりだしているというから、人間の技術開発への意欲はますますふくらんでいる。

私の友人に、私の時代遅れを嘆いたら、彼の三歳の娘は、タブレットと遊んでいると言われてぎゃふんときた次第。

## 私の生徒（ビアンカ、グローリア）

ビアンカが十九歳の頃、グローリアと一緒に私の所にやってきた。二人共コンセルバトーリオで歌の勉強をしていたが、先生に不満をもち、テクニックの勉強を求めていた時に、ふとしたことから知り合った。その、ふとしたこととは、人と人との出会いは運命に結びつくのではと思わせるような、偶然からきている。

私の夫が、ある朝コンサートのために靴下を買いに出かけた。エレガントな洋装の時はひざ下までの長めの靴下をはくのが常識で、カルツエドニアという靴下専門の店に入った。そこにいた若い店員がグローリアで、夫が言うコンサートのためのという言葉に、興味をひかれた。そして彼女も歌を歌っていることから話が弾んで、行きついた話題はテクニックの勉強で、良い先生を探しているとのこと。一度私に会って相談してみるように言って家に帰った。

それからしばらくたって、偶然電車の中で、しかも同じコンパートメントに座っていたグローリアが声をかけてきた。夫から聞いていて、電話をしようと思っていたところだという。

まず彼女が家に来て、すぐに友達であり同じ先生の下で勉強しているビアンカを連れてきた。まだ少女のようなはにかみを残していたが、芯のある真面目な性格と礼儀正しさには、好感がもてた。声は細くアクートも低音も土台がなく、まずは声の出し方に伴うテクニックについての基本的な勉強を始めた。と同時に一週間に三回通いたいと言う。私としては、毎日でもいいので承諾した。コモ湖の上にある家から、私の家まで三十キロくらいの距離を、一日おきに車で通って、休んだことはほとんどなかった。

ある日レッスン中にアクートにさしかかった時、そんな高い音は、一生かかってもできませんと言う。私は、できないという言葉は言ってはいけない、できるようにしなくてはならない、と言った。それからは、一度もできませんという言葉は言わなかった。

四、五か月経って、夏休み明けに、コンセルバトーリオの先生が声を荒げて、お前たち二人は学校外にレッスンに行っているだろうと言う。はっきり、分かる。学校外にレッスンに行くことは禁じられていると言われて、彼らは否定した。いいえ、自分で真面目に勉強しています、と言った。幸いなことに、その先生は事情があって転校し、代わりに来た先生は私の友人で、同じ先生のところで勉強したので、私のところで主にテクニック、友人とはオペラのアリアや歌曲を、コンセルバトーリオの規定に合わせて勉強した。

一年後、コンセルバトーリオを最高点で卒業した。

グローリアは、ビアンカより八歳くらい上で、経済的にも年齢的にもキャリアをできないとみて断念した。はっきり物事を見ているだけに、残念に思った。

## 私の生徒（続き）

ビアンカはベジタリアンで、高校の頃に決意して母親の許可を得たという。両親は人形芝居の劇場をコモの町にもっていて、定期的に上演するほか、ミラノのスフォルツエスコ城で、毎週土曜日に、子どものための人形芝居を市の文化活動の一環として行っていた。彼女も時々行っては、歌って協力していた。モーツァルトの「魔笛」、ロッシーニの「シンデレラ」等々、オペラを子どもたちにも分かりやすく、楽しいものになるようにつくられていた。この経験は、舞台慣れと共に自分も両親と一緒に創る立場になることで、その後の彼女の舞台に大きく役立った。

ビアンカの誰よりも目立つ性格に、自主性をしっかり持っていることがあげられる。自分をはっきり知っているといえるだろうか。勉強したい曲、オペラの志向は、単に願望だけではなく、自分を知った上で、それに適したものの選択であるからだ。両親の教育が読みとれる。自分の足で歩きなさいということ。

コンセルバトーリオを最高点で卒業してから、あちこちのコンクールやオーディションを受けて、積極的に動きだした。リヴァ・デル・ガルダ湖畔のコンクールでは、最終選考に残り、私は汽車で駆けつけた。夕方、汽車の乗り換えを間違えてしまった私を、最寄りの駅に車をとばして駆けつけてくれ、ペンションの同じ部屋に寝るようにするなど、二十歳そこそこの若い子のできること以上の心がけで接してくれ、しかも、三十分後には最終選考で歌わねばならなかったのにも関わらずで、彼女が歌いだした時は、心がとがめて冷静になれなかった。入選発表までの時間を外の空気を吸うために、会場を出て散歩した時、私の評を聞かれたが、全く上の空で、何も言えなかった。申し訳なさでいっぱいであった。

特別賞をもらって、その内容を聞いて、心から喜びを感じ、祝福した。オーストリアが生んだ偉大な指揮者の下で勉強して、彼のもつテアトロでオペラ出演する、オーストリア各地のコンサートにも出演というものだった。グスタフ・クーンはイタリアのトスカーナ地方にも、邸宅兼アカデミーをもっていて、みっちり勉強できた。その他いくつかのオーディション、コンクールを経て、今では世界各地を歩きだした。韓国、中国まで行ったが、どこより日本に行きたいと言っている。そういう機会も、やがてはあると信じている。

寿司が好きで、巻き寿司の道具を買い込んで、野菜、梅干しなどを入れて、喜んでいる。

テクニックはまだまだよ、と言っている。正直な私の気持ちであるが、着実に前に向かって歩いている。

## トマトソース

私と夫の住んでいるこの一軒家は三階あって、上にそれぞれアパートメントがあり、二階にはナポリの出の家族、その上にはマテラ出の家族が住んでいる。我々は、いわゆる日本でいう一階（こちらでは地階という）と半地下の上下に住んでいる。歌うためのスタジオを必要とするため、地下に一部屋とって、洗面所、暖炉の部屋、アイロン部屋に物置とあり、上はサロンと台所を一つにしたオープンスペースにし、寝室と洗面所がある。台所からは、庭に出られる扉式のガラス窓があって、外側には大きな屋根が、庇（ひさし）のようについていて、プライバシーが保てるようになっている。

我々がこの家を買った一年前に、上の二家族はすでに住んでいた。三階に住んでいるマテラ出の家族は夏になると庭で、一〇〇キロ以上のトマトを大鍋で茹でて一年分のトマトソースを作っていた。二階のナポリ出の家族も親族と一緒に三〇〇キロ以上作っているのを見て、私もやりたくなった。三階のおばさんに頼んで数年は一緒にやらせてもらった。そのうちこつを覚えて、自分たちで機械を購入して友達夫婦とやるようになって、毎年の行事にしている。

パスタや煮物、ピッツァなどに欠かせないこのソースは、市販のものと違い自然の味で、酸味もなく、健康食で我々の食生活に欠かせないものとなった。

南イタリアでは、日本の味噌や醤油の位置にトマトソースがでんと座っている。

冬になると、豚の肩肉を買って、サラミを作っていた。これは、細かく切った肉に、塩、パプリカ赤のペースト状のもの、粉末の唐辛子、野生のフエネンなどを入れて、こねて腸に詰めて、物置に吊るし、乾いてきた頃合いを見て、食卓にものぼるものだけれど、これは我々だけではとてもできないので、数年は一緒にやってもらっていた。

私の幼い頃、家でお餅をつき、味噌を作り、醤油、野沢菜、味噌漬け、梅干し等々、母親のそばで見ていたが、日本ではもう、家でそういうことをするのは、ほとんどなくなっている。

イタリアでは、地方に行くとまだまだ、昔から伝わる料理、習慣が残っていて心が和らぐのをおぼえると同時に猛烈な郷愁にさそわれる。

## 二種類の声

声には二種類の特性がある。一つは生まれ持った声で、何の勉強もしていないのに容易(たやす)く出る人で、テクニックの勉強を積むことによって、見事に完成されたものになる。もう一つは作った声で、努力の賜物といえるものである。いずれにしても、勉強なしには歌えないがその過程に差が感じられる。チェチーリア・バルトリは両親が歌手であったが、生まれ持った声で、装飾音、コロラトゥーラ等々容易くできて、母親が逆に驚いたと言っていた。

作られた声は、テクニックの勉強の積み重ねで、努力なしには生まれない。

そのいずれにおいても、歌手としてキャリアをするには、声以外の感受性、音楽性など幅広いものが要求されるのは周知のことである。

これは、生徒に接しているとはっきり見えるし、自分の上にも感じられる。比較してよいか分からないが、世紀のスカラ座のソプラノ歌手、カラスとテバルデイに、はっきり見える。カラスの凄さは、その表現力と演劇性、作曲家への忠実さであるが、声そのものの自然さ、美しさはテバルデイには及ばない。

生徒でも容易に理解できる人と、理解するまでに、かなりの時間と訓練を要する人がいる。

オペラ歌手は、広いテアトロや、野外劇場でマイクなしで歌わなければならない。一〇〇人近くのオーケストラを前にして、果たして自分の声が、聴衆にまで届くか、不安になり、知らず知らずのうちに力を入れてしまう。コントロールができなくなる。特にデビューしたての頃はそうなりやすく、慣れるに従って乗り越えられるようになるが、相当のアウトコントロールが必要である。

同じことが教える側にもいえる。生まれ持った声で、それほど苦労しないで歌ってきた人には、生徒の苦労が分からない。そういう先生は自らお手本を示してみせる。生徒には、その良さは分かっても、真似はできない。先生も言葉では言えないので、次第にいらついてくる。

苦労してたどりついた先生は、生徒の誤りに対して、自ら努力した経験を生かして、ど

うすれば解決できるか指摘でき、根気よく教えてくれる場合が多い。
いずれにしても、教えることはそれなりの困難があり、それなりの能力が必要だと思う。

## 声について

声は楽器の一つであるが、他の楽器との違いは、体の中に持っていることで、使い方などなくして自由に使える。話す、口ずさむ、ポピュラーな歌、民謡、お経を読む、お説教をする、または、仕事上の会話、スピーチ等々、我々の生活に欠かせないものである。

これが、クラシック音楽の場合には、テク

ニックの勉強が不可欠になる。楽器演奏者と変わらぬ訓練に明け暮れる。楽器——即ち声帯は喉にあり、それゆえに、自分の判断のみではとても理解できないものである。病気の時に医師が判断するように、客観的立場でのコントロールを必要とする。そのため優れた教師に出会えることが、その後の歌手としての、将来を決める鍵になるといっても、言い過ぎではない。

優れた教師は、優れた判断力を持っていることが第一に要求される。生徒の誤りを指摘し、どうしたらよいか、分かりやすい言葉と、時には手本を示すことが大切なことで、やたらに叱ったり訳の分からないことを言って、混乱させることは避けなければならない。

よく有名な先生——往年の名歌手につきたくて通っている人がいるが、大体そういう先生は、生徒の誤りやできないことには気がついても、その次元でのレッスンはやらないのが、通常である。生徒も先生に何を求めるか、目的を持って行かなければ、無駄なエネルギー消費になる。こういう先生には最後の仕上げ的なものを求めた方がいい。その際生徒としては、どういう要求にも応じることができる基礎的テクニックを持って行くべきである。

日本人の生徒は、日本の音楽大学を卒業してくるのが大半で、イタリアのコンセルバトーリオに入ると、日本の大学で勉強したことを繰り返すか、それよりレベルの下がったことをすることになる。しかし、ここで言いたいのは前にも言った通り、何を目的としているか、である。

日本からの生徒で、テクニックをしっかり身につけている人は、数少ない。また、その重要性にも気がついていない。何を求めてイタリアに来るか、自分でもはっきり分からない人も多い。

情報システムの発達した時代とは言え、コツコツと磨いてゆく世界は、また違う世界な気がする。

## 中村洋子さんとの出会い

人との出会いは時として、あるべきことを予期させる。出会うべくして、出会うのが当然のように訪れる。大学を卒業して、コンサートをする上でピアニストを探していた。ある女流作曲家の知り合いに洋子さんがいて、とても歌に通じているという。特にイタリアオペラ、歌曲が好きで、イタリア帰りの歌手の伴奏者として活躍していた。

早速、紹介してもらい、伴奏合わせに通ううちに、急速にお互いに惹かれて親しくなった。彼女のイタリア音楽への情熱は甚大で、ピアニストであるのに、一緒に歌っているのではと思ってしまうほど歌を誘導してくれる。何とも私を虹の橋に乗せてくれる、その上で自分を思う存分発揮できる自由も与えてくれる、素晴らしいピアニストであった。

何よりも彼女から与えてもらったのは、ベルカントのテクニックへの魅力であり、そのために私の人生のほとんどを費やすことになった。当時ベルカントといっても、全く抽象的であり、何を指すかも漠然としたものであったが、彼女から聞くその魅力に徐々に惹かれて、今日に至っている。

彼女はまず私をイタリア帰りの歌手のところに引っ張っていき、テクニックの勉強をするように勧めた。その先生がまた驚きの迫力で、六十歳を過ぎて、ベルカントの勉強にイタリアに渡り数年みっちり勉強しなおして帰り、リサイタルを催し、若い人に教鞭をとっていた。

先生は、それまでメゾソプラノであった私をソプラノに変えて、レパートリーも当然それまでにやったことのないものになり、どちらかというとソプラノでも重いドラマチックなものを与えた。アンドレア、シエニエ、カヴァレリア・ルスティカーナ、ザザ、メフィストフェレス等々。

この間、様々なコンサートでは必ず洋子さんに伴奏してもらい、忠告ももらった。二年後にはイタリアに腰を据え、長い困難な道を歩きだした。

その間、洋子さんはイタリア帰りのテナーと結婚して、彼専属のピアニストとして、イタリアにも一緒に来たり、アパートメントを買って数年過ごしたりしたようだが、私と彼女の間に入って中傷した人のために、我々の仲が崩れ、話し合いもできないうちに、彼女はこの世を去ってしまった。心残り以上に残念でたまらない。

けれど、私の思いは昔のまま、何一つ変わらぬ友情を持ち続けている。

## 歌手の結婚

結婚は、歌手にとって最も難しい問題である。テバルデイは歌手として生きるために、結婚は断念したと、あるインタビューで語っていた。結婚を家庭生活に繋げるならば、テバルデイの考えはもっともだと思うし、どちらかを選ばなければならない。

しかし、キャリアを始める頃は、心身ともに恋愛にも夢中になり、結婚に足を踏み入れる。何とか乗り越えてやっていけるだろうと思いきや、現実的に無理な問題が、山と出てくる。どちらかが求める時には不在、初めのうちは、相手の仕事先を訪ねていったりもするけれど、こちらも仕事に追われて度々は不可能、行き違いを繰り返しているうちに、意思の疎通、身体的な距離感などから、次第に気持ちも離れてしまう。

ヴァレンティーナ・テッラーニの夫は、俳優で活躍していたが、一つの家庭にアーティスト二人は無理と言って、彼女の歌手としての活躍一切に協力することを決意した。どこに行くのも一緒、アーティストとしての彼女に全面的に協力し、マネージャーとしても、身の回りの世話もやり、一体になって仕事をした。こんな素晴らしい理解ある夫をもって、彼女は安心して素晴らしい歌を歌った。これは理想的なあり方であるが、なかなか現実にはありえない。お互いに自分を出そうとするからであり、お互いに仕事を持っているからでもある。

若くして、ヴァレンティーナが亡くなった後、彼女の夫は、再び演劇の世界に戻った。

私の夫は幼い頃より、歌の才能を認められていたが、海辺の片田舎に生まれて、歌で生きるのは男の仕事ではないというような、偏見的な考えの中で育ったためか、真面目に勉強しなかった。父親が村のバンドでクラリネットを吹いていて、そのレパートリーにオペラの序奏曲や、アリアも含まれていたので、息子に勉強させようとしたけれど、本人はその気にならず、のらりくらりしていた。コンセルバトーリオに行ったり行かなかったりするうち、私と知り合い、他の仕事をしながら、結婚した。病的なジェラシーの持ち主で、あちこち歌いに出かける私に半分理解を示し、半分は理性を失った。

それは、あまりにも激しくなって、別れるか、歌うか、決断を迫られた。そんな時、新聞に国営放送局オーケストラ合唱団の応募があり、二人で合格し、十年間、共に歌って生活した。

結婚生活を優先してよかったかと聞かれると、答えを知らない。なぜならば、そうせざるをえなかったというのが正直なところだからだろうか。

この間歌手としてキャリアを通した数人の友人、仲間たちのほとんどが離婚している。

## ナポリの生徒

名前をアリーナという。二十歳、コンセルバトーリオを卒業したけれど、それまでついていた先生に、そんな声では室内楽、古典音楽くらいしかできないと散々に言われて、途方に暮れていた。どうしてもオペラ歌手になりたい気持ちには変わりないが、はっきり先生から駄目を出されてはやる気もなくなってしまう。

そんな時、ミラノで私の元に来ていたベアトリーチェが、故郷に帰ってそれを知り、修子に聞いてもらったら？　ということになった。ナポリの人たちは、スリや泥棒、詐欺で世界的に聞こえているが、半面、他のどこの地方にもない人情味があって、温かい。金銭的に余裕がないアリーナに飛行機代を提供して、宿泊は私の家にして、二人で出かけてきた。

声を聞いて、私はすぐに勉強を勧めた。なぜコンセルバトーリオの先生は否定的であったのか理解できない。メゾソプラノとも、ソプラノともいえる美声の持ち主で、音域も二オクターブ半近くあり、何より彼女の意欲的な情熱は、どんな困難をも乗り越えることができるだろうと思わせた。

発声をして一曲聞いてから、オペラ歌手になれるだろうと言った途端に、彼女の目に涙があふれでた。

もちろん、オペラ歌手になるためには、たくさんの障害を乗り越える強靭な意思と努力を必要とする。

イリュージョンを意味なく与えるのは、大きな誤りであるが、初めから意味なく駄目と言うのも、生徒の一生に関わることであり、せっかくの意欲が削がれてしまう。

アリーナは、私の家に一泊して、土、日に発声とテクニックの勉強への手引きに明け暮れた。そして不幸なことに、コロナウイルス緊急事態になった。彼女は二日のみのレッスンで、受けたことを一人で毎日練習してみたが、一人ではとても理解できず、助けを求めてきた。ナポリは遠い上にロックダウンでもあり、動きがとれない。そんな時、私の家の近くにいる生徒のステファニアが、使い古しのアイパッドを提供してくれて、これを使ってレッスンするように、セットしてくれた。七十歳をはるかに上回る年齢では、全て真新しい世界で戸惑ったが、次第に彼らの協力で慣れてきた。

そして、一年近く経ち、アリーナは徐々に上達している。今年のロッシーニ・フェスティバルには聴講者として参加する予定であり、またいくつかのマスタークラスに行くつもりで、生き生きと勉強に励んでいる。ある時、私もしつこく、分かるまで押してしまった。彼女は大きな目から涙を流した。行き過ぎたと思ったら、逆に私が慰められた。

「私は涙を流したけど、悲しんでいるのではなく、こういうレッスンを受けられるのが嬉しいのです。私のことを、誠意をこめて教えてくださる気持ちが伝わって、本当に嬉しいです。これからは涙はみせないので、今まで通りやってください」

と彼女は言った。

## 趣味の歌手

コンセルバトーリオの夜間の音楽学校に、ローマの同じ種類の学校から転校してきたテナーのウベルトは、かれこれ二十年近く私の所に来て歌っている。声が小さく、軽いテナーなのか、ローマの先生は古典歌曲を与えていた。

音楽の勉強は、仕事の後夜間の学校でした程度であったが、持って生まれた豊かな感受性とインテリジェンスで、十分にこなしてきた。

初めのうちは、歌いたくて、テクニックの勉強をやりだすと、悲しそうな顔をする。それに一週間に一度、一時間のみでは、とても両方をみっちり勉強するのは無理と思い、彼の要求を満たす方向で古典歌曲を与えた。

当時私の所にはたくさんの生徒がいて、一人一時間しかできなかった。どの生徒も断ることはできなかった。教えることは私の情熱であり、使命でもあった。歌いたい人にはいつも扉を開いていたので。

ウベルトは、発表会で素晴らしく歌っていた。徐々にモーツァルトのオペラの勉強も始めるうちに、ベルカントオペラに近づき、必然的にテクニックの勉強を必要としてきた。テクニックの勉強を始めると親指の爪をかじりだす。そして、悲しそうな顔をする。ある日、彼に問いただしてみた。なぜテクニックをやりだすと、爪を噛み、悲しくなるの？と。彼はすぐに笑い出した。

「ノー！　僕にもよく分からないけど、小さい頃から爪を噛む癖があるのです。悲しい顔ではなく、理解するように考えているだけです。気にしないで、このまま続けてください。

とても興味があります」

　と言った。

　彼は素人、趣味などの言葉が当てはまらないほどの熱の入れ方で押してくる。それならと、こちらにも熱が入ってくる。モーツァルトのオペラ、「愛の妙薬」「ドン・パスクワーレ」など、それまで夢にも思っていなかったオペラが歌えるようになると、ますます熱が入り、毎年行事の発表会でも、専門に勉強している人にも劣らないくらいに、歌えるようになった。ある時フランスオペラのアリアを与えてみた。すると、繊細なフランス音楽は、彼のセンシビリティーにぴったりで、彼の言葉で言うと、〝僕そのものです〟と。

　ある時、歌のリサイタルを一人でもちたいと言う。もちろん、来るのは、両親、親戚、友人、知人で、感謝と愛を込めたものにしたいという。二重唱に、ソプラノの生徒に協力してもらって、一晩感慨深いコンサートをもった。

　その間心臓の手術を二回したり、脳の障害を起こしたり、大病をしたにも関わらず、三回のリサイタルをした。それを聞いたコンサート主催者から、プロの歌手と一晩歌ってほしいと言われて出演し、その時の出演料は、未だに額に入れて、壁にかけてあるそうだ。

## エジーディア

彼女は私の生徒であり、友達であるエジ（短縮して）は七人兄妹の末っ子である。戦争のために父親を亡くし、母親の手で育てられた。末の二人の子どもは、母親一人では到底賄っていけず、孤児施設にあずけられた。施設に連れていかれた途端に声を失った。数年して母親が引き取った時は、笑うことも泣くことも忘れていた。母親もできる限りの愛情を注ぎ、徐々に普通の子どもに近くなっていった。

しかし、このショックは、彼女のその後の人生に大きく影響した。まず性格は内に入り込み、人とのコミュニケーション、関わりが難しく、心が開けない。

学校では頭が良く勉強もできるのに、皆の前で先生の質問に答えようとすると、声が出なくなる。大学でも口頭試験は、地獄のように恐ろしく、知っているのに答えようにも声が出ない。精神科医にも通い、様々な治療もしたが、声を出すことそのものが、思うようにいかない。

私は、彼女が自分で治さない限り、どんなに外部からの治療が良くても駄目だと気がついて、好きな音楽に触れさせることにした。ミラノ市にある、一般人のための合唱団に入った。モーツァルトのレクイエム、ブラームスの愛の歌、バッハのミサ曲ロ短調など、音楽は深いところで、彼女に安らぎを与えてくれた。近くで歌っている仲間たちの誰も、彼女の声を聞いていない。しかし、彼女は歌っている。ふとしたことで知り合い、アジアの文化に興味を持ち、中国に行って語学の勉強をしたりするなどしたことから、すっかり仲良くなった。

心が許せる修子なら、歌の勉強ができるのではないかとコンセルバトーリオにやってきた。大きなレッスン室には、彼女の時間があっても、必ず次の人がドアーを押して入ってくる。その途端険しい目を入ってきた人に向けて、歌わない。子どもの頃の衝撃が戻ってくるのか、即、入ってきた人に時間が来るまで外に出てもらい、レッスンを続けた。それにも関わらず、遠慮なく入ってくる生徒を憎んだりした。

それからしばらくして、私はコンセルバトーリオをやめて、ミラノにスタジオをもった。彼女は一対一で一時間できるのを喜んで、毎週熱心に通ってきた。正直どこから始めてよいか迷ったが、まずは好きな歌を歌うことだと思い、古典歌曲やモーツァルトの優しい歌を与えてみた。あまりテクニックにこだわらないで、心が開ける、自分を自由に開放できる方につとめてみた。

毎年の行事で、発表会を行っている。始めたばかりの人も、長年歌っている人も、プロフェッショナルに勉強している人も一堂に会し、一晩コンサートに集うというのが私の始めてからの考えで、上手な人のみとか、全く考慮にない。

エジに参加するように聞いてみた。即座に断った。それならば、二重唱にしようと言うと答えが帰ってきた。パオラとモーツァルトの歌曲を、恥ずかしそうに正面を見ないように、斜向かいに立ってだったが、清らかな音程のしっかりした声で歌っているのを見て、感涙した。

## カルラ

カルラの一生愛してやまなかった指揮者のアンジェロは、ふっくらとした太り気味のカルラをカルロッタと呼んだ。若くして死んだ兄の友達であり、家族ぐるみで敬愛していたアンジェロは幼いカルラを可愛がり、音楽を分かち合った。兄は天才的なピアニストで、家族の誇りであった。彼女はそういった環境に育ち、ピアノは元より、歌、作曲、ギターやいくつかの楽器を鳴らして、音楽の世界に入りきった。両親は紳士服の仕立て屋として、代々受け継いだ高級店をもっていた。兄のほかに三人姉妹の末っ子で、上の二人の姉妹とは違い、背は高く、堂々としたいかにもクレモナの人という印象があった。

カルラを知ったのは、トスカーナ地方の〝オペラ・バルガ〟フェスティバルで、彼女はたまたま聴講者として、参加していた。アメリカから来ていたアイリンと彼女は同室で、気軽に外国人の我々に声をかけて、時として理解できないことなども分かりやすく説明してくれたりした。我々のオペラの練習にも顔を出して、忠告してくれたりした。

フェスティバルが終わって、私はカルラの招待を受けて、クレモナの彼女の家に立ち寄った。その家族の、温かい愛情に満ちた歓迎は、未だに私の心にしっくり、張りついている。パラッツォという言葉をどう訳していいか分からないが、お屋敷と言おうか、一つの建物全てが彼らの家で、一人一人、アパートメントをもっていた。ある時壁の塗り替えで、天井を洗っていたら、突如としてフレスコ画が顔を出した。両親の応接間で、それは見事に美しいものであった。

数年してクレモナのテアトロで、私が歌うことになった。カルラはもちろん喜んで駆けつけてくれ、彼女のアパートメントを、私の宿に提供してくれた。彼女のベッドは真冬の寒さを感じさせない、ぬくもりのある温かい心になった。お互いに忙しい活動をしている間も、時々電話で話したり手紙を書いたり、交友は続いた。私が指揮をした、ペルゴレージのスタバートマーテルには、コントラルトのソリストとして、歌ってもらった。晩年はクレモナに合唱団をつくり、演奏活動したり、講演会などにも頼まれて出席したり忙しく、地方文化活動に活躍していた。

彼女は畑の中の一軒家を買って、一日のうちの数時間を自分の時間として過ごしていた。ある日、いつものように自転車で川の横の土手道を走っていて、そのまま帰らぬ人となった。

## 車の運転免許証

東京にいた頃は、電車や地下鉄が至る所にあって、車の必要性を感じないでいたが、イタリアに来て郊外に住むことになってみると車は必需品となった。四十歳を過ぎて近くの教習所に免許証をとるため通い始めた。まずは理論。一冊の本をよく読み、クイズ式のテストに合格すると、実技になる。教習所の教官は、私に向かってこう言った。

「あなたは外国人であり、イタリア語はよく話しているが、クイズ式の試験は、質問が込み入った言い方をしていて、イタリア人でも騙されることが多いので、口頭試験にしましょう」

当日車でヴァレーゼまで連れて行ってもらい、バールでコーヒーを飲みながら、教官先生は最後の仕上げと言って、いくつかの質問をした。追い越しの時はどうするか、前の車との距離はどのくらいか、交差点での優先権等々、覚えたての質問にいくつかは、間違えたりしながらも確認され、試験官の前に座った。すると、どうだろう！　少し前に教習所教官に聞かれたことと、全く同じ質問である‼　一つの間違いもなく試験に合格した。

外に出ると階段の下にまだ若い青年、少女がたむろしていて、二人の女の子は涙を浮かべていた。クイズ式の試験に不合格、であった。ほっと胸をなでおろした。口頭にしてよかった。

翌日からは実技運転が始まった。車には常に二、三人同乗していて、番が来ると降りて違う人が乗るというふうになっていた。ある日私の前に乗って運転していた婦人に教官はやたらに大きな声で駄目を押して、遂に彼女は泣き出した。

「私が運転するのは、病院の看護師で当番表に従わねばならないからです。真夜中の出勤の時、夫には頼めません。これでも私なりに必死だけれど、どうしても私に無理なら、はっきり言ってください。やめます」

この言葉を聞いて、私の胸ははりさけた。彼女が去った後、私の番になったので、教官の目を見てこう言った。

「私は音楽を教えているけれど、生徒に駄目だと言ったことはない。生徒が楽しんでできるように教えるのが、貴方の役目ではないですか。彼女は、必要にせまられているので、一時も早く学びたいと願っているのに、ダメダメと言わないで、手を取って優しく教えてください」

教官は冷たく私にこたえた。

「私は四十年もこの仕事をしている。他人の忠告を受けるつもりは全くない」

それではアリベデルチ（さようなら）と言って私は車から降りた。二度と彼の顔を見たくなかった。

しかし教官は翌日私の家に何もなかったように迎えに来て、運転の練習をした。

## 二〇二二年六月十五日火曜日

今日、ドメニコとの結婚生活に、私はようやく区切りがついた。結論といえるだろうか。彼と知り合ったのは、パルマのコンセルバトーリオで、あまりしゃべらない大人しく内気な性格にみえた。デポート女史の教室にレッスンに行くと必ず彼が先生の横に座っていた。先生に言われてか自分の意思か分からなかったが。同じ日本人の生徒のマサコさんに、ほのかな恋心を持っていたが、さっと身を翻して私にすりつけてしまった。友達として、一緒にコンクールや、オーディションを受けに行ったり、私の下宿先のギーニ家に来たりはしたが、それ以上のものにはならなかった。一年後にはいなくなってしまい、先生も彼は船乗りの仕事をしているから、コンセルバトーリオには、来たり来なかったりしていると言っていた。

ある日パルマから毎週通っていたベロン先生のレッスンにミラノに行った帰り、中央駅のホームに、後ろからリゴレットの一節を歌いながらついて来る男がいた。イタリアではしょっちゅうある、女の子に興味をひいてもらう行為なので、知らぬふりをして歩いた。汽車に乗ると彼も乗ってきた。そこで初めて一年以上見かけなかった彼だと気がついた。それから、ミラノに行くと彼の働いていたレストランに立ち寄った。そして気がついた時は彼の家に一緒に住みついてしまった。それが私の一生を思いもしない苦難の道に進ませることになった。

何事もない時は、彼は人の好い優しい性格で、同じく歌の勉強をしていたので勉強に理解を示し自分で働いて私への助力を惜しまなかった。それが一旦、何かのことで、一時に爆発してしまい、誰も手を出せない方向に行ってしまうのだ。両親に当たり散らして、泣かせたり、友達四人でレストランに行き、注文したばかりなのにお金を払って出ていってしまったり、同僚が私に目で合図しているからと怒鳴りだしたり、突然悪魔にとりつかれたごとく火がついてしまう。いつ、どういう時に起こるか、全く予想できないので、びくびくしてしまい、それでも、数分後には何事もなかったように変わってしまうので、見過ごしてしまった。が、何度、別れようと思ったことか。ある時、私に申し訳なく思ったのか、自分のことを素直に話してくれた。

それは、母方の遺伝的なもので、従兄弟、兄弟姉妹などにも受け継がれた精神病を持っているという。そして、一旦火がつくと、全く正気を失い、アウトコントロールが全くできなくなる。

中学生の頃、あと数日で卒業というのに、何か気に入らなくなり、教科書ごと窓の外に投げ捨ててしまった。そして、海辺に育ったため多くの人は船員になっていたが、そういう大人に交じって、船でコック見習い、ガルソンで旅立つことにした。その時まだ未成年であったため、医師の診察を受けた。医師は両親に、彼は精神不安定であるので、帰ったら精神科医に連れていくことを託した。田舎の海辺、それも後ろは山、前は海、汽車が走るようになるまでは、海から、または徒歩での交通であった所の人には、精神病など理解できないのが普通であった。そのため、治療などしないで大人になって年をとるうち、症状がひどくなり、私との生活も、不安定なものになった。

国立放送局の合唱団に二人で入ってからも、同僚と喧嘩したり、怒鳴り散らしたり、ディレクターに向かって大声で悪態をついたり、そのたび、その後片付けを私がするはめになった。友人からも、別れるように勧められて、何度も考えたけれども、決意できないうちに、今日になってしまった。それは、彼がやろうとしてやるのでなく、胃病や心臓病と同じく、病気であったからかもしれない。

ここ数年被害妄想になっていて、誰かが人を使って嫌がらせ行為をする、門の外に新聞紙のかたまりを置いていくとか、寝室に石を投げるとか、上に住んでいるよぼよぼの年寄りが自分に言いがかりをつけるとかで、殺してやると大騒ぎしたり、さすがに今回は私の辛抱も尽きてしまい、決意しようと思った。途端に涙が出てきて、寝室に入ってドアーを閉め、泣いた。彼の前で出したことのない涙を見て、彼は優しく抱きしめてきた。

もう、限界だ、と言った。もし、自分で病気を治す気持ちがあるならば、私は今まで通り助けることができるけれど、こういうことが起きるなら、私はあなたと一緒にはいられない。

しばらく彼は考えて、それなら、エレナの言った精神病院に行くという。安定剤で眠らせるだろうという。かわいそうになった。

結局は、ペット検査の結果を待って、精神不安定と病気の両方とも治療をしていこうというところに、ようやく落ち着いた。

検査というのは、二〇一七年にリンパ腫になり、六回にわたって化学療法をして、その年の末に治った。二〇二〇年のコントロールで再発と言われ入院したが、インドレンテ、つまり、細胞が眠っている状態だからと言われ安心していたが、今年になって、タック検査したら、リンパ腫が二、三センチ大きくなっているのでペット検査しましょう、ということになった。

それが、七月五日なので、結果を待たねばならない。

医師も言うように精神病、特に遺伝的なものは、快方には容易く向かえない。それはよく分かっている。けれども、今回は初めて自分から進んで治す意思を示した。私は、再び病気が出たら、一緒にいられないと彼に言った。そのことを、心にとどめておいてもらいたいと念じている。

## しばらく一年が、過ぎてゆく

コロナウイルス緊急事態となってから、三人の大切な友人を失った。レナータ、エレナ、カルラ、二〇二〇年から二〇二一年にかけて。レナータは癌。急に痩せてしまい、あっという間に病院に担ぎ込まれて、亡くなった。アナーキストの父親と母親の間に生まれた五

郵便はがき

料金受取人払郵便

新宿局承認

2524

差出有効期間
2025年3月
31日まで
（切手不要）

160-8791

141

東京都新宿区新宿1－10－1

**(株)文芸社**

愛読者カード係 行

| ふりがな<br>お名前 | | 明治 大正<br>昭和 平成　年生　歳 |
|---|---|---|
| ふりがな<br>ご住所 | □□□-□□□□ | 性別<br>男・女 |
| お電話<br>番号 | （書籍ご注文の際に必要です） | ご職業 |
| E-mail | | |

| ご購読雑誌(複数可) | ご購読新聞<br>新聞 |
|---|---|

最近読んでおもしろかった本や今後、とりあげてほしいテーマをお教えください。

ご自分の研究成果や経験、お考え等を出版してみたいというお気持ちはありますか。

ある　ない　内容・テーマ（　　）

現在完成した作品をお持ちですか。

ある　ない　ジャンル・原稿量（　　）

| 書　名 | | | |
|---|---|---|---|
| お買上<br>書　店 | 都道　府県　　市区　郡 | 書店名 | 書店 |
| | | ご購入日 | 年　月　日 |

本書をどこでお知りになりましたか?
1.書店店頭　2.知人にすすめられて　3.インターネット(サイト名　　)
4.DMハガキ　5.広告、記事を見て(新聞、雑誌名　　)

上の質問に関連して、ご購入の決め手となったのは?
1.タイトル　2.著者　3.内容　4.カバーデザイン　5.帯
その他ご自由にお書きください。
(　　)

本書についてのご意見、ご感想をお聞かせください。
①内容について

②カバー、タイトル、帯について

弊社Webサイトからもご意見、ご感想をお寄せいただけます。

ご協力ありがとうございました。
※お寄せいただいたご意見、ご感想は新聞広告等で匿名にて使わせていただくことがあります。
※お客様の個人情報は、小社からの連絡のみに使用します。社外に提供することは一切ありません。

人兄弟姉妹で、戦争を挟んで、フィアット自動車工場で働いて、何とか生活をしてきたが、両親は貧困の中に若くして亡くなった。彼女は末っ子で、音楽や絵が好きで、しかしながら、その方面の学校に行くことは経済的に無理であったが、すぐ上の姉が働いて、コンセルバトーリオに入れてくれた。そして、音楽学校を出てイタリア放送協会ＲＡＩの合唱団に合格して、組合活動に参加して、合唱団の立場保持のために力を入れていた。私と夫が同じ年に合唱団に入った時は、レナータはオッターヴィオと組合活動に力を入れていた。およそ贅沢や華美な生活を疎んで、娘と一緒に生活していた。夫は結婚して、娘がお腹に宿っていた時に他の女の人と逃げてしまった。

娘は成長して、ベルリンに勉強のために行った先で、アメリカ人のジャーナリストと一緒に生活するようになり、それに反対する母親のレナータと娘の葛藤が続いた。

レナータの勉強を助けてくれた唯一の姉を癌で亡くし、その姉は姪に彼女の家の名義を遺していったが、いつの間にかその家は売り払われ、娘は母親と縁を絶った。

我々には全くレナータが何も言わなかったので、なぜなのか想像の余地もない。最後まで娘の帰りを待って死んだことには、心いたむばかりだ。

エレナは、そんなレナータの目を何とかして外に向けるように、コンサートや演劇、ボランティア活動などに誘ったりしていたが、心を閉ざしてしまったレナータを取り戻すことは全くできなかった。

そのエレナも直腸がんから、心臓や血管も患い、短い期間で、コロナウイルス緊急事態のため誰にも会えずに、姪のモニカと二言交わせたのみで、亡くなった。

カルラは私にとって、真に分かり合える音楽の友達であり、その死に方があまりにも突然で言葉を失った。ある日いつものように、川に沿った小道を自転車で走っていて、そのまま自転車から落ちて、逝ってしまった。

そんなことがあってもよいのか。なんてことだ……なんてことだ……元気でいたのに。毎日のように、彼女の優しいアルトの声が、私の耳を風のようになでては、心に響いて去っていく。

## エツィオ・ボッソ　偉大な芸術家

昨晩、家の近くの映画館で、数か月前に亡くなったボッソの記録映画が上映された。アメリカ人歌手のジャーネットを誘って行ってきた。サルバトーレス監督で、幼い頃からのエツイオの思い出、記録を、友人、音楽仲間、演劇、映画関係の人たちの語りを通して、演奏場面と併せて、画面に映されていて心打たれた。

彼の兄が語ったのは、幼い頃から音楽に異常な興味と関心を持っていただけでなく、兄の弾くギターにあわせて、リズムとハーモニーをつけて歌ったり、ピアノを弾いたり、理論も楽譜も知らないのに、自然に体の中から湧き出ていたとのこと。すでに音楽家としての道に向かって、歩いていたとのこと。ピアノの先生は、楽譜が読めなければピアノに触れることを禁止したので、コントラバスから始めて、いわゆるポップ音楽に熱を上げ、作曲し、クラシック音楽の指揮者、ピアニストとして、重度の病気も顧みず、音楽に命をかけた。

何より感動したのは、彼と一緒に演奏したグループ、オーケストラ、合唱団が彼の音楽と一体になって燃え上がるのだ。一人一人の団員の顔が、輝くのだ。

病気のために若くして亡くなったけれど、彼の人生は音楽であり、音楽は彼の全てであった。

## 理想の愛と現実

柳宗悦、兼子夫婦はその出会いから、結婚に至るまで、お互いに理想に向かって、厳しい道を選び相手に要求し、実現するよう努力を重ねた。

宗悦が兼子に要求したことは、当時、洋楽が日本に入りだした中で、芸術家として、最先端をゆくことで、誰も歌ったことのない歌の開発、マーラー、ワグナー、果ては現存していたシェーンベルクなどを演奏することがその一つであった。

当時日本で初めて教鞭をとった、マダム・ペッツオールドは、ヨーロッパで舞台に立っていた人で、ピアノをリストに、声楽をマルケージに習った音楽家で、本格的なレッスンを施した。楽譜もなく、語学も分からない生徒に、本場の音楽を全霊をかけて教え、ピアノ伴奏もした。彼らが知り合ったばかりの頃、兼子は、舞台でシューベルトの「魔王」を歌った。宗悦は、彼女が一線で活躍するために、紀伊國屋を通して楽譜を手に入れたり、最新の情報をつかんで勧めたりする中で、理想に向かって二人の人生を歩むことを望み、兼子も必死にそれを望んだ。

しかし、現実は、その当時の女性の位置は、昔ながらの意識されないもので、宗悦の望むように流されるのみでなく、定職を持たない彼の仕事、民藝、白樺派運動などの経済的負担を、歌うことによって支えてきた。

そんな中で、彼女は自分に厳しく、彼らの理想を維持してきたのは、愛であった。夫は何人かの女性関係も持ち、彼女の海外留学にも理解を示すどころか、彼の仕事を助けること、育児、経済問題を持ち出して早く帰ることを主張した。ベルリンで行ったリサイタルは、日本人として初めて認められた貴重な経験で、その批評は、彼女の実力を見事に認めたもので、これを機にあちこちからの演奏会の申し込みが殺到した。しかし、彼女は夫の性急な帰国への促しに押されて、ヨーロッパでの演奏家としての機を捨てて、帰国した。

民藝館に陳列されているもの、宗悦の理想に向かっての仕事は、兼子の協力なしにはできなかった。けれども、兼子の理想に向かっての芸術家の道は、理想の愛を、彼女がもち続けてきたからこそ、輝いていると思う。

自殺までも考えた兼子の思いは、通奏低音のごとく、宗悦と誓った理想の愛の中に生きている、と私は確信している。

# 時と共に膨らむ師への思い

私が国立音楽大学に入ってから、六十年も過ぎてしまった。週に一度の柳兼子先生のレッスンは大学で、あとは駒場の民藝館前のご自宅に通った。そのお屋敷門をくぐり家に入ると、正面に朝鮮の掛け軸がまず目に入り、ヒヤッとするほどの引き締まった空気が、芸術を思わせる荘厳さをよんで、身が震えてきた。

柳兼子先生が、障子のついた丸窓を背にグランドピアノの前に座られると、まるで光が先生の後ろから後光のごとく輝いて、何とも言えない雰囲気の中に自分が置かれるのであった。

ある夏の暑い日に、ブラウスにスカートのいでたちで、レッスンに行った。汗かきの私は、歌うとさらに汗が噴き出て、ハンカチ片手に歌っていると内庭から一斉に蚊の大群が私をめがけてとんでくる。足や腕、首や顔、挙げ句の果ては洋服の上からも、容赦なく刺してくる。

片足をあげてもう一方の足をかく。顔や腕をかく。たまらなく痒い!!

その時やにわに先生がピアノを叩かれて、たち上がられた。おっしゃるに「歌を歌うということはそれに集中して、自分の精神を統一していなければなりません。剣を持った侍が、雨だ雪だでそちらを眺めた時は、おしまいです。歌い手はたくさんいます。けれども芸術家は希少です。あなたには芸術家の道を歩いてほしい」と。家に帰って、薬を塗りながら、芸術家になるには、全てを投げて、歌に集中しなければ、と自分にいいきかせた。

年月と共にこういうエピソードは私の中に刻印され、忘れられない貴重な宝物として残っているが、何を意味していたかは、毎日のように噛み締めている。

歌の心、と先生はよくおっしゃっていたが、言葉をそのまま歌うのではなく、その言葉の意味と心を歌う、創造する、ということかなあ。それが、歌手と芸術家の違いかなあなどと、とてつもないことを思う毎日である。

先生の歌われたリサイタルやレコードで、例えば、苗という一言の含む意味と情景、そして聞く人の心に入り歌う人と分かち合う、それが、芸術家の極みかなあ、などと思う。

高田三郎作曲の、啄木短歌集の「不来方のお城の草に寝ころびて空に吸はれし十五の心」を歌われた時、会場がしーんとなって、どの人の心にも歌った人の心と感動が入り込んで、しばし時が止まってしまった。

こんなひと時を、その後持つことがなく時が過ぎてしまった。

## 柳兼子先生から学んだこと　学べなかったこと

大学に入ってすぐに柳先生のクラスに入れたことは、その後の私の音楽への大切な指針となっている。芸術の世界に目を開かせてくださった。

時と共に芸術とは何を意味しているかが、薄闇の中から一閃の光のように、長い人生を通して分かりかけている気がする。

能の舞いは動きが緩やかであるだけでなく、静の世界である。ここには、間が必ず時を止まらせる。舞手が後ろを向いていても、観客には読みとれる情が現れている。

柳先生の歌には、この日本特有の間と静の世界がある。そして言葉の意味が通じてくる。特に日本歌曲においては、極みの世界である。我々を歌の世界に引きこんでしまう。

しかし、漠然と先生のレッスンから、この荘厳な世界を体で感じても、それをテクニック的には理解できていなかったということが、長い間分からなかった。

ベルカントの勉強にイタリアに来て、いかにテクニックの不足があったかに気がついた。

柳先生からは、テクニックの勉強を学べなかった。先生自身はしっかりした本場のテクニックをマルケージの下で学んだマダム・ペッツオールドから受け取っていたけれど、基本的なテクニックを、我々には歌って聞かせていたが真似はできなかった。

しかし歌の心、解釈はたくさん学べたし、先生の言葉は常に座右の銘としている。

ベルカントとは、文字通り美しい歌、自然さ、優雅さを意味している。柳先生は、完璧に近いテクニックを持っていらした。その上で、詩と抒情を豊かに表現されて我々の心を捉えてしまった。そこには、音楽の持つ普遍的なテンポ、間、言葉の全てが含蓄されていた。

ベルカントを求めてイタリアに来て、未だに求め続けている。が、歌の道はその魅力的なテクニックをもとにして、柳先生の言われるように芸術を創造することである。

## 師と弟子

歌、声楽において、弟子と師の関係は最も重要だ。この出会いによって生徒の運命（おおげさに言えば）が決まるともいえる。もちろん、生徒にまず能力と努力がなければ、どんなに優れた師といえども育てるのは不可能だ。

まず土台となるテクニックの勉強をしっかり学ぶこと。

ポジションと呼吸法：この二つは相互に一体化していかなければ、無意味だ。よく先生は横隔膜で歌えと言われるが、声、つまり楽器は声帯にあって横隔膜では歌えない。この段階が歌の勉強にとって最も大切なことで、土台となるからだ。

例えばポジションだが、まず口の開き方、軟口蓋の使い方、筋肉の使い方が分からずに、いくら横隔膜を使っても声は正しい位置に持っていくことはできない。

ポジションがつかめるということは、それを維持するために、呼吸法をしっかり学んで、横隔膜を使うことになるわけだ。フルートを吹く時は、呼吸してその息によって美しい音色が出るのと同じことだ。

簡単に言うとこの二つの要素がしっかり結びついて、初めて美しい自然な声が出るのだ。けして声帯に無理をかけたり、怒鳴ったりは避けなければならない。

無理をして声を出していると、デリケートな声帯は取り返しがつかないことにもなりかねない。

テクニックを我慢強く教える先生は、少ない。ほんの少しでも間違って教えると、それが癖になり、取り返すのに、より一層のエネルギーを要す。そればかりか、間違った発声のまま歌いだすことになり、歌い手の生命も終わってしまいかねない。

有名な先生は、基本的なテクニックを教えることを避けたがっている。なぜなら相当なエネルギーと忍耐力が必要であることと、基本的なことがすでにできていることを前提として、音楽的なまたは専門的なことを教えたいからだ。

## 時が解決する

何事も時がある、とはイタリアでよく言われる言葉だけれど、身をもってこの言葉を味わっている。夫の病気再発でかなり強い化学療法をするため、副作用もいろんな形で現れる。下痢や腹痛、熱が出たり、吐き気がしたり、口内炎や唾液が固まりネチネチしたり、腰が痛くて、いても立ってもいられなかったり、そのたび、持ち込みのトイレを用意する、痛み止めの注射をする、口をすすぐ、薬を買いに行く、熱さましの薬を与える等々、その時に応じて動かなければならない。療法から一週間から十日後には、わりと普通に戻る。とは言え、夕方熱が出たり、下痢をしたり、刻々変わる。一週間または一か月先の予定は全く立てられない。時は必ずなるところに落ち着かせてくれる。一刻一刻解決に向かうよりない。

## 柳先生とテクニック

大学時代、柳教室に入ることができ、イタリア古典歌曲、ドイツリード、オペラと勉強して、声楽の基本から徐々に歌う世界に入っていった。イタリア古典歌曲は、受験勉強でたくさん歌いこなしてきたが、ドイツリードはやはり難しく、どう表現するのか、今考えると全く幼稚なものであった。先生は、どう表現するかは自ら歌ってくださるので、模倣することに専念しながら、自分の内部から湧いてくる情感をもって歌うと、良しが出た。

教室では、鈴木睦彦さんの最終年のバリトンのレッスンとしばしば一緒になった。ベートーヴェンやブラームスの曲を一体になって歌っている先生と鈴木さんとの雰囲気は、峻厳な世界で、我々の入っていけない二人で創り上げていく空間であった。後に知ったことであるが、先生は男性の生徒に対しては一段と厳しいレッスンをされた。

あれから六十年近く経ち、今歌を教える立場に立って、柳先生から何を学んだかが、はっきり見えてきた。そして、それが芸術であり人生であることを。

先生から声楽のテクニックは学び取れなかった。いわゆるベルカントを求めて、イタリアに来てようやく分かりかけている、といえようか。

テクニックは基礎であり、土台である。歌の勉強を始めて、学校で決められた年間スケジュールの曲をこなし、あらゆる分野の音楽を知ったが、大学を出てみたら、思うようにテクニックを駆使できない。何なのだろう?

テクニックの不足に初めて目覚めた。

若いうちは、元来持って生まれた声を自然に駆使して、自由に歌えていたのに、はっと気がついた時は、いかに訓練していなかったか、どう解決していけばよいか、途方に暮れる。

十六世紀、イタリアにベルカント唱法が生まれ、毎日訓練を重ねて十年以上かけて土台作りをして舞台に立った時は、何の問題もなく見事に表現できる域に達していた。それが、イタリア・オペラの発展につながっている。

柳先生は八十歳を超えても声の衰えはなく、言葉、詩、語り、フレーズが芸術の世界に見事に昇華していた。

十九世紀初め、楽譜を手に入れるのさえも難しかった時代に、どうやってあの域に達することができたか、それは、マルケージに歌を、リストにピアノを習ったペッツオールド先生から、基礎的なテクニックを、音楽を、徹底的に教わったからだと確信している。後年、先生がドイツに行かれた時には、現地で学ぶ必要は全くないと思ったほどで、語学とたくさんのコンサートに行って学んだと、おっしゃっていた。

## 教わる　教える——両者一体

今日の新聞に偉大なアルピニスト、シモネ・モーロのインタビューが載っていた。小さい頃から、アルピニストになりたくて、十三歳の時初めてプレンバーナに登った。父親は銀行員で登山家ではなかったが、息子のためにイタリア登山協会に入って岩登りの訓練を受けたくらい彼の意思を尊重し、協力した。

ある日息子は父親に「僕はアルピニストになりたい。そのためには学校もやめて、全力投球したい」と相談した。父親は「それがお前の限界なら」と言う。意味が分からないでいると「もし二つのことの一つしかできないなら、それがお前の限界である」と。即座に父親の教えがのみこめた。

高校、大学に行き、アルピニストになった。親の教育に対して、それを受け入れられる息子の判断力は素晴らしいことだと思う。

今、微力ながら歌の基本を教える立場になって、教える側と教わる側が合致して、両者一体になって分かり合えるにはどうしたらよいか、しばしば課題として頭にとどめている。

先日、個人的な問題でしばらく離れていた生徒が、再び歌いに来た。以前はただ大きな声で自分を上回るレパートリーを歌いたがっていたが、テクニックの大切さに気がついて、基本からやり直したいというので、私の本意でもあり、両者一体になって、テクニックの勉強を辛抱強く始めた。

六か月後、古典歌曲を歌った後、歓喜で眼に涙をためて、歌う喜びを持てたと感謝された。声が自由に出て自分の思うように歌えることにより、曲の美しさ、音楽の深さに、改めて目覚めた自分を感じたという。私も全く同感、体が喜びに震えた。

## 祐子さん

大学時代、柳兼子先生の駒場のお宅にレッスンに通っていた頃、柳先生のお孫さんの祐子さんに、時々お会いした。夏休み前のある日、先生がＮＨＫ放送局に歌いに行かれたので、お留守番を祐子さんと言いつかった。多分私と同じ歳かと記憶している。畳のお部屋で、彼女の作った物を見せてくれたり、おばあちゃんの話をしたり、数時間楽しくおしゃべりに暮れた。先生が戻られた時には、もっとおしゃべりしたかったと思うほど仲良くなった。彼女の表情、仕草、笑顔は、先生のそれであり、お友達になれたほのかな喜びが心に残った。

夏休みが終わってレッスンに行って、祐子さんが亡くなったと、先生が感情を抑えて言われた時は、木の棒になって、なすすべを失った。あまりにも静かな気品に満ちた先生の様子に、かえって取り乱す自分を感じ、立ちすくんだ。

今言われたことを振りきるように、レッスンが始まった。

厳しく指摘された後、歌い手は万といるけれど、芸術家は指のうち。歌を目指すあなたは、芸術家にならなければなりません、と言われた言葉は、未だに心に残っている。

言われた時、先生の心は同じ歳の祐子さんへの思いでいっぱいであったろう。

## 間と音楽　音楽の間

日本語で言う間は、他の国の言葉でどう訳したらよいか、適当な言葉を知らない。柳先生の歌には、この間が実に見事に使われていて、自然に息を吸っているように、言葉の意味と表現とが合致していた。日本の伝統文化は、間に凝集されていると言われているが、能や歌舞伎の動きや音曲は、正に言われている通りだ。

しかし、西洋音楽にも、この間は存在している。でなければ、ソルフェージュ（楽譜を読むこと）に過ぎない。単に音読みになる。

啄木短歌集〈不来方の……〉最後の言葉「十五の心」では、「十五の」【間】「こころ」と歌われている。その心に自分がなっていなければ、伝えられない。

同じことは西洋音楽にも通ずる。以前チャイコフスキーコンクールに参加した日本人は、完璧なテクニックで素晴らしく演奏したが、会場にいた人たちも優勝すると思っていたところ、優勝できなかった。審査に携わった偉大なピアニストのコメントは、「音楽は技術の見せつけではない。音楽である」と。

演奏者が何も感じないで、ただ間違いなく演奏するなら、それは、聞く人の心にも伝わらない、心の響きが大事であると。

作曲家の小平時之助が、ある日山を散策していた時、きこりの男が大木の下で、五木の子守唄をうなっていた。歌っていたのではなく、うなっていた。それを聞いてひどく感動して、作曲したものを私に歌ってほしいと言われ、演奏会で歌った時、この歌の持つ哀愁に近い感動を作曲者と一体になって、歌い上げた。聴衆も感動して、総立ちになった。

演奏会が終わって数日して、ある作曲家から電話をもらった。それは、いわゆる民謡である五木の子守唄を、私が微妙な音の使い分けをしていた、五音階の上がり下がりが、意識して使われていたごとくであったと。そして、とても感動したと。

そんな難しいことは、もちろん考えて歌っていたわけではないが、歌っている自分自身が、この曲の持つ哀愁を感じて歌っただけである。が、自然に日本音階になっていたのだろう。

柳先生が昔、日本で初めてのオーケストラ、合唱団と、ヴェルディのレクイエムのソリストとして「涙」を歌った時、あまりにも感動して、それに合わせて出るはずのコーラスが出ない。指揮者のローゼンシュトックも怒れないほど、感動的な歌を歌われたというエピソードがあるが、インタビューで、何も考えず泣きたい気持ちで歌っただけです、と言われていた。感ずる心なしでは、芸術家にはなれないと思う。

## 日本の伝統芸術の世界

昔の日本の芸事はまず弟子入りから始まった。師の家に入り、住み込みで師の身の回りの面倒を見ながら芸事を修得した。

柳兼子先生は幼い頃から長唄の師匠さんの所に毎日通い、口移しで教えをうけた。それは厳しいもので少しも気を散らしたり、ぼんやりしたりはできなかった。音楽大学に行くまで通い、大学に入ってからは、全く新しい芸術に身を入れた。当時西洋音楽に接する機会がほとんどなかった時代、想像もつかない世界のものを、何とかしてつかみたい一心ではなかったか。

北欧出身のマダム・ペッツオールドは、ピアノをリストに、声楽をマルケージに師事し、当時ヨーロッパ各地で歌っていた。全く文化の違う、しかも言葉の通じない日本で教えるのはどんなに困難であったことか。まだペッツオールドは現役であったので、自分が歌ってお手本を見せた。

私は柳先生から、ずいぶんお手本を見せられた。どう歌うか、どう表現するか……。あの時は夢中でお手本に近く歌うことによって、立派に歌えている錯覚を持ったが、数年して行き当たった問題は、テクニックを身につけていなかったことである。

この問題は、私のその後の課題として今日に至っている。

同時にお手本から学んだことは、歌の心、真髄であり、逆にテクニックの不足を補う必要性を強く感じさせられた。

この課題を胸にイタリアに発って、今日に至っている。

ベルカント唱法の魅力は、何より無理のない声である。息、マスク、ポジションで自然さを持って楽に声が出せる、低音から高音まで均一性を持った声であり、レガート唱法、フレーズ、アジリティなど、速やかにこなせることである。

課題を胸にイタリアに来て五十年、今の日本はあらゆる面で進歩、発展があるが、いわゆる声楽の基本的なテクニックの土台作りを、声楽の勉強の初めに身につけられるシステムを、各大学に問いたい。

## ジェッシ・ノルマン

オペラ〝ダイドーとイーニアス〟のアリア・ダイドーの嘆きをビデオで見て、全身、全神経が張りついた。彼女の顔、全身から出る動きには、一つとして無駄がない。全て歌に凝縮されている。そのテクニックは完璧であり、自由に駆使して、歌の心に入りこんでいる。

素晴らしい芸術家の極みである。

## ある青年の決意

私の親しい友人の甥は音楽が好きで、小さい頃からホルンを吹いていた。家の近くにいた先生は彼の稀にみる才能を見て、コンセルバトーリオに行くよう勧めた。

コンセルバトーリオでは目覚ましい進歩で、彼の吹くホルンは皆の胸に響いた。

卒業演奏は最高点プラス、プレミオ付き、将来を期待されて、オーケストラからの誘いを受けた。初めから手ほどきした先生、両親、友人全ての人から祝福を受けてオーケストラにも決まった。

彼の父親は鉄工所の工員として働いていた。音楽には無知であったが期待されている息子の将来には彼なりに喜んでいた。

ある日突然、家に帰って持っていた大切なホルンを、父親の働いている鉄工所で、つぶしてもらう、と言った。

それから大学に進んで、今ではエンジニアとして、オランダから呼ばれて働いている。

誰も彼の心のうちは、知らない。
もちろん私の友人も、未だに知らないでいる。

## ベルカントのテクニック

ベルカントは、
（１）マスケラ、ポジション、共鳴
（２）呼吸法、横隔膜、デイアフランマ
（３）支え、アッポッジョ
この三つによって成り立ち、相互に関連してテクニックとなる。

共鳴と響きは同じことで、顔の前面、額の辺りに響きをあてる。口腔には、上顎と下顎があるが、上顎を舌で触ると顔の前面は硬い骨、その奥は軟らかい軟口蓋がある。その軟口蓋の一番高い所に息をあてる。息は横隔膜で支えられて声帯を通って、喉と口の空洞を通り抜ける。ちょうど鼻の後ろ、口腔の軟らかい部分である。

歌うことは、前の音につながって、同じ空気の柱に向けていくことによって、レガート唱法、アクート、アルペジオ、スカラがスムーズに無理なく、ブレイクの変わり目もなく、息の流れに乗ってできる。もちろんテクニックは、言葉で言い表せない。体で覚えなければ、意味がないからだ。

およそ、以上の短い言葉に要約されたものが、ベルカントの基本、土台だ。

## 楽譜を読みなさい　アンソニー・ホプキンスのインタビュー

先日テレビで彼のインタビューを見た。小さい頃からのエピソードの後、司会者の質問に答えて言った言葉は、全ての芸術家の極みであると思った。

まだ駆け出しの頃、映画の撮影でキャサリン・ヘップバーンと共演したが、ある一場面でどうしてもうまくいかない。その時キャサリンが言った一言は、その後の私の一生の道標となった。

「演じようとしては、駄目。脚本を読むことよ」

全く同じ言葉をマリア・カラスは言っていた。
「楽譜を読みなさい。そこには、全てが書かれています」

## 私のレッスン

若いうちは持って生まれた美しい声で自然に歌っているが、勉強をしてたくさんのレパートリーをこなし、いざ舞台に立ってみると、自分に解決できないテクニック上の問題がたくさん出てくる。テナーのコレッリも、三年間舞台から離れて勉強。特にテクニックをみっちりやり直したと聞いたが、なかなかできることではない。私の所には三十歳過ぎて来る人が多く、すでにコンクールに出場したり舞台に立って、経験を積んだ人がテクニックの不足を感じてやってくる。

アクート、パッサージュ、ポジション、音程、声の震え、ピアニッシモ等々、土台がしっかりできていないため、それらが一層目立ってくる。何より不安になる。思うように歌えない。

癖のついた声は、特に元に戻す、取り除くことが難しく、歌い慣れたアリアなどは、自然に同じポジションに行ってしまう。そういう場合は、しばらくお預けにして別の知らない曲で勉強して問題への解決に向けるようにしている。

テクニックはその歌手の一生をかけて訓練する、終わりのない探求であるが、その行きつくところは、自然であり、無理なく思うような表現ができることに尽きる。

私はまず問題点を見つけ、どう解決するか、生徒一人一人に対応策を施すことに重点を置き、それらが生徒一人一人に納得できるよう、つとめている。分かりやすく、謎ではない、忍耐と努力の賜物であることを目指して。

## 言葉で説明

テクニックは言葉で説明して、分かることではない。が、言葉を通して訓練の結果を再確認することができる。

すでに舞台で活躍している人は、乗り越えなくてはどうしても前に進めない課題にぶつかった時初めて、テクニックの不足を感じる。アクートの行き止まり、音程の不安定、声の震え、レガート唱法が思うようにできない、息の使い方がよく分からないため、すぐに息が切れてしまう。ピアニッシモができない、トリルができない、パッサッジョがぎこちない等々だ。

キャリアをしていると、すでに喉がいつもの決まったポジションに行ってしまい、解決する余裕が持てない。白紙に戻してなどは、全く無理だ。そして、ついてしまった癖のまま、再び舞台に立ってしまう。花子さんは、恵まれた美声の持ち主で、三十歳過ぎるまで、何の問題もなく歌ってきたが、次第にアクートが思うように出ない、音程が不安定、ある音域にくると、震えがくる、などの技術的な欠陥にぶつかった。

私の所に来た時は、この欠陥が固まってしまっていて、それらを取り除くことの難しさを感じた。取り除くことが無理なら、根気よく正しい道への誘導から始めようと、欠陥には触れないで、ベルカントのテクニックから入った。

二か月過ぎた頃、舞台に出なければならない焦り、しかもヴェルディのオペラに挑戦しなければならないなどの理由で、指揮者、有名な歌手などに聞いてもらいに出かけた。結果は、声が軽くなり、ソプラノのようになったとか、以前のような暗い翳(かげ)りのある魅力がなくなったとか言われて焦り、電話で苦情を述べてきた。

これに対して私の考えは、
(1) テクニックの勉強を始めたばかり、途上にあること。
(2) 顎に力が入ると、上口蓋、特に軟口蓋が使えないため、喉に力が入ってしまい、
息にのって軽く声が出ない。

今の時点で、批評を聞きに行くことの軽率さ。焦りがあると、何も手に入らない。辿り着く頂点に向かってじっくり信念をもっていくことが大切である。もし不満なら、来なくてもよいとまで言った。

あれから三年。結果は、
(1) 歌うのが楽になった。
(2) アクートがスムーズに出る。
(3) 表現が思うようにできる。
(4) 音程が安定している。
(5) 批評は良好。

## 友達ペピ

イタリアに来てすぐに知り合ったペピは、ギリシャの田舎町から医学の勉強に来ていた。同じペンションで、私は二人部屋、彼女は三人部屋で、ギーニ家の入り口近くに暖炉を挟んで並んでいた。会った瞬間、お互いに惹かれるものを感じて、友達になった。分厚い本を前に机に向かって、いつも勉強をしていた。学生食堂（メンサ）に行く時はいつも一緒、大通りを通って橋を渡った向こう側に歩いて二十分、ほとんどが大学生、アラブ人、アフリカ人、アジア人、そしてイタリア人、様々な国の学生で賑やかであった。土曜日、日曜日は休みなので、週末はピッツァか台所のある友達の家に集まって、スパゲッティにしたり、パニーニ（サンドイッチ）などで済ませた。そして毎日覚えたての言葉を交換しあった。

その年の夏は、ほとんどの学生は家に帰るけれど、私は飛行機代を節約するため、残ることにした。あの当時飛行機代はすこぶる高く、往復航空券で半年間生活できるほどであった。

それを聞いて彼女は、私の家に一緒に行こうと誘ってくれた。あの旅は一生忘れられない。

まず薄汚い三等車、ぎっしり埋まった席は、身動きできないくらい、そこに新聞紙などをしいて寝た。ユーゴスラビアを通った時は、ジプシーの子どもたちが汽車にしがみついてきて、真っ黒な手を差し伸べて、食べ物やお金を要求する。汽車が出発するまでしがみついている姿は、貧乏学生の我々には何もできない悲しみでいっぱいであった。サロニコからはバスで山を走る。舗装していない道は砂煙がたって、たまに通るロバをひいて歩く老人にふりかかった。

ようやく彼女の家に着いた。その村は車は見かけず、その代わり道には豚、山羊、にわとりなどが悠々と歩いている、のどかなものであった。トイレは土間の横に溝を掘ったようなもので、紙はどこの家でもバケツに捨てるのが習慣であった。

彼女の父親は、昼間は工場で働き、夜はピーナッツ畑を耕して、彼女の学費に充てていた。母親はタバコの葉を、庭いっぱいに干して収入にしていた。

ある日母親は、家に伝わる宝物を地下の蔵に行って持ってきた。三つの袋をテーブルに置いて、我々をその前に座らせた。そして、こう言った。

「これは、代々伝わるこの家の宝物。これを、三人の私の愛する娘にあげましょう。一つはペピ、もう一つはマリア、そしてもう一つは、修子に。あなたたちは、姉妹。いつまでも、仲良くしてくださいね」

この宝物は、どっしりした銀に彫ったギリシャ模様の首輪と腕輪の揃い（この言葉がネックレスなどの言葉よりも実感と重みがある）であった。

あれから五十年、姉妹は未だに変わらぬ姉妹と呼び合っている。

## 歌で生きる

日本では未だに歌のみを生涯の仕事として生きることは、まずできない。学校で、または個人的に教えるか、固定の仕事が必要だ。ヨーロッパ各地には、たくさんのテアトロがあり、伝統的な催しが行われている。

音楽大学（コンセルバトーリオ）を卒業して、オーディションまたはコンクールに入賞して、インプレザーリオ（マネージャー）の協力で仕事がくるが、これも運、不運があり、継続的に仕事が入ることは難しい。

ドイツでは、国柄もあるが、小さな町のテアトロで、シーズンの催し物をこなすことにより経験を積んで、より大きな街に移るという実践性がある。若い頃、オーディションを受けてミュンヘン近郊の小さな町のテアトロから仕事がきたが、そこではイタリアオペラのみでなく、もちろんドイツオペラや、その年のプログラム全てに協力することが要求された。ソリストのみでなく、二次的役から合唱の手伝いも必要に応じてこなすという契約で、実際に経験を積むには最適であった。事情があってそこには行けなかったが、今日でも私のイタリア人の生徒さんが、フランクフルトで歌っている。コロナウイルス緊急事態の時にも、仕事ができないのに、契約に沿って支払いがあって助かったと言っていた。

この世界は実績を見られるので、絶えず勉強をして、最大の力量を示さないと仕事が来なくなる。厳しい世界であるだけにやりがいもある。

結婚、育児などは、駆け出しの頃は難しい。いつも旅行カバンの準備、家ではのんびりできないため、夫の不満、子どもの精神的不安定も免れない。

ある時、有名なソプラノ歌手が私の先生の所を訪ねてきて、息子の異常な様子を嘆いていた。

彼にとってはママが全て、ひたすら、買ってあげた腕時計を学校で見ているばかり。他のことには一切興味なく、ママの帰りを待っていると言って、涙で語っていた。

私の夫は、病的な嫉妬心の持ち主で、理屈で分かっていても納得できないだけに私を苦しませた。それも、一理あるなあと思いつつ。

## メゾソプラノ歌手ジゼッラのインタビュー

ジェノヴァで知り合った友達は両親がオペラ歌手であったので、生まれながらにして歌は身の一つであった。世界中歌い歩き、日本にもバリトン歌手、レナート・ブルゾン等と公演した。その声はハリのある、それでいてとろけるような妖艶な声色で、聞く人の心に響いた。

今は一線から離れて、孫の世話や時々訪ねてくる生徒や同僚との邂逅を楽しんでいる。

ある日我々の新居を訪ねてくれたので、歌手としての経験や苦労話などを語ってもらった。

(1) どのようにしてキャリアを始めたか。

コンセルバトーリオ（音楽学校）を卒業してすぐに、三つのコンクールに優勝、同時に仕事が入る。ドイツはその制度がしっかりしているので、ドイツのマネージメントを通して日本にも行った。

(2) テクニックの不足を感じたか？

コンセルバトーリオでは、テクニックの勉強はほとんどできなかった。若いうちは持って生まれた声で十分歌えたけれど、実際舞台に立って、その不足をひしひしと感じた。彼女はフォニアトラ（音声医師）にコントロールに行ったが、その医師は偉大な歌手サターランドの友人で、声に関して専門的に教示してくれた。

（3）結婚

二、三十代は、恋愛、結婚の年代、歌手としての舞台上での試練でもある。よく目の届かないことは心も届かないと言われるが、離れている時間が長いほど、心も離れがち。

（4）育児

結婚に伴い育児問題が想像をこえて、大きな問題になる。小さい頃はベビーシッターと一緒に仕事先に行けるけれど、学校にあがる頃は、自分だけ旅立ち、子どもは誰かに依頼しなければならない。姑、夫、母親……しかし誰も母親ととって代われません。

（5）健康

歌手としての絶対的条件は健康であること。体力を必要としている上に精神的にも集中力万全でなければ、良い歌は歌えません。

結局彼女は結婚破棄して、前の夫とは友達として、二人の娘の親としての付き合いにしている。

今は仕事をやめて、孫の世話をしたり、老後を楽しんでいる。

## 時と心（グローリアからの言葉）

歌は人生そのもの。やるべき時とそれに叶った人との出会いからできている。修子との出会いは歌の勉強に重要な役割をもたらした。その人に会ってすぐにわかった。時に関しては別である。年齢的に遅かったにも関わらず、無鉄砲に舞台に魅せられていろいろやっているうちに、アーティストとしての無力に気がついた。

ある年の冬、私の経営していた靴下の店に日本人の婦人が入ってきた。私がミラノのコンセルバトーリオで歌の勉強をしていることを知って、電話番号を交換して別れた。しばらくして、偶然にも電車の中で席を同じくしておしゃべりするうちに、声を聴いてもらうことにした。後になってコンセルバトーリオに入る前に、彼女と巡り合えていたらと何度思ったことか。

コンセルバトーリオ「ヴェルディ」には二十五歳で入った。多分、年齢制限ぎりぎりであったと思う。入った時の先生は、私がメゾソプラノでなくソプラノであるという。声を上にもっていくこと、アクートが自由に出るように指摘された。それまでは八年間メゾソプラノの先生について勉強をして、合唱団でもアルトのパートを歌ってきた。

入学当時の先生は、ロジーナ・クロザテイで良い人だけれど、老齢でとても疲れていた。そのため進歩ものろく、期待に反して望むようなレッスンではなかった。間もなく年金生活に入られ新しい先生が来た。テノールのマスティーノ。果断で性格が強い人で初めのころは上達もあったが、次第に激しい性格のため生徒も離れていった。

その頃に修子が私の人生に入ってきた。私の声に的確な意見を述べ、歌手としての課題、将来性をポジティブに語ってくれた。ともすると気持ちが落ち込んでいた時に修子から与えられた確信とレッスンは、再び歌うことの喜びを与えてくれた。そして短期間に上達できるような気持ちをも、もたらされた。実際にはそうはいかないけれど。

歌の先生は困難な課題を持っている。声は楽器とは違い我々の体の中に隠れている。全く感覚的なものであるため、人それぞれ感じ方も違う。修子はなんと辛抱強く我々に理解できるように時間と心を注いでくれたことか！

ベルカント唱法の魅力は、力まず息にのって歌うこと、これは根本的な鍵で毎回のレッスンで示された。そして呼吸法。ディアフラッマ「横隔膜」を使っての息の使い方。

これらの相互的な結びつきで、美しい柔和な声が出る。

もし数年前に修子に出会っていたら、そして私の年齢が勉強する時に叶っていたら、無駄な時間と混沌としたコンセルバトーリオの環境、間違った教え方の教師などを通らずに済んだのに。

サロンノのマエストラ、修子のレッスンは貴重なものであった。

最後に会って十五年、一七〇〇キロメートルの距離を走って、修子をジェノヴァに訪ねた。

サロンノのレッスン室にあった黒塗りの時計を、ジェノヴァの新居のピアノの上に見た途端、私の目は涙に膨れ、あの時のレッスンが私の人生と心にどんなに貴重なものであったかよみがえらせた。

## UNA QUESTIONE DI TEMPO, UNA QUESTIONE DI CUORE

Il canto, proprio come la vita, è fatto di momenti giusti e persone giuste. E il fatto che Shuko Takahashi per me sia sempre stata la persona giusta l'ho capito presto. Che invece il momento giusto forse sarebbe stato un altro l'ho capito alla fine, quando la consapevolezza che subentra in un'età più adulta frena quell'incoscienza necessaria per buttarsi sul palco ignorando, almeno per quegli istanti, la coscienza artistica che vuol fare i conti con la necessità della perfezione.

Forse era un mese d'inverno quando entrò nel negozio di calze che gestivo in quel periodo una minuta donna giapponese. Sapendo che stavo studiando come soprano al Conservatorio di Milano mi lasciò il suo numero di telefono e, oggi, proprio non ricordo quanto tempo passò prima che la chiamai e andai per la prima volta a farle sentire la mia voce. Qualche settimana? Qualche mese? Fosse passato anche solo un giorno sarebbe comunque stato troppo tempo: io quel numero avrei dovuto averlo prima, prima di tutto e senz'altro prima degli studi al Conservatorio.

Al Verdi di Milano entrai a 25 anni, quasi per caso, nell'ultimo anno oltre il quale ci sarebbe stato il limite d'età, e spinta da un'altra insegnante di canto che ho poco apprezzato ma che contribuì a farmi capire che non ero un mezzosoprano ma un soprano.
Superai l'ammissione, l'insegnante che mi volle nella sua classe, confermò la mia voce da soprano e capii che ci sarebbe stato un bel lavoro da fare per liberare gli acuti e portare la voce più in alto di quel che avevo fatto finora, con studi privati da mezzosoprano e dopo otto anni di coro nella sezione dei contralti.

L'insegnante con la quale iniziai il conservatorio era un soprano, Rosina Crosatti Silvestri: una cara persona,ma anziana e stanca; i progressi con lei furono troppo lenti rispetto a quel che avrei potuto dare in quel periodo, ma sarebbe servita una guida forte. Arriva la sua pensione e arriva un nuovo insegnante, Gianni Mastino, tenore, dal piglio deciso e forte: i miglioramenti sono evidenti su tutti i suoi allievi, finché,accecato dal suo carattere, troppo deciso, troppo forte e troppo ottuso, inizia la parabola discendente che darà luogo a un considerevole numero di allievi che cambierà classe, cambierà conservatorio, cambierà strada.

La cara Shuko entra nella mia vita mentre sto frequentando il conservatorio nel periodo di Mastino, e le vibrazioni sono subito positive: apprezza il mio timbro, è sicura del mio potenziale e sa che potrà migliorare la mia voce per rendere più solido il registro acuto.
Il suo essere mi fa riconquistare il piacere del canto.
Ostinata ma comprensiva, decisa ma paziente, un concentrato di determinazione e sapere che avrei voluto assorbire in poco tempo, ma no. Non funziona così: perché o si nasce già con le posizioni facilitate dalla conformazione del proprio palato, della gola e della propria maschera naturale oppure va tutto costruito e studiato, passo passo, un gradino alla volta.

L'insegnante di canto non ha un compito facile: deve spiegare come si usa uno strumento le cui componenti sono sparse e nascoste all'interno di un corpo! Quanta immaginazione ci vuole! Quanti tentativi, quante metafore, quanta pazienza, o santa Shuko, che hai sempre dedicato tempo e cuore ai tuoi allievi.

L'arte del belcanto, il cantare sul fiato: questo è il principio chiave sul quale si è sempre svolta ogni lezione. La consapevolezza del diaframma, della respirazione, del flusso d'aria che genera il suono intonato, preciso,potente ma non faticoso, nel meglio della sua risonanza e tirato fuori da un filo immaginario che esce dalla sommità della testa.
Miglioramenti ce ne sono stati eccome (ben notati anche da Mastino che pensava di averne il merito),grazie ai quali negli anni successivi (anche dopo l'interruzione del conservatorio) ho potuto fare numerosi recital lirici e concerti con un certo grado di soddisfazione... ma è difficile essere pienamente soddisfatti quando sai che potresti fare sempre meglio! Avrei potuto lavorare ancora sulla leggerezza del suono alla ricerca di una maggior agilità e a una tenuta del fiato che consentisse un'emissione sempre più

omogenea.

Qualche anno prima. Sarebbero bastati tre o quattro anni prima per far sì che l'incontro con la mia persona giusta, la cara maestra Shuko, avvenisse anche nel momento giusto, ovvero all'apice della mia fame di canto prima che questa venisse contaminata da insegnanti sbagliati, clima di lavoro in conservatorio pessimo e ore di studio inutili.

Che quelle lezioni di canto a Saronno nella stanza della musica della maestra Shuko fossero tanto preziose per la mia voce me accorsi fin da subito. Ma quando, a distanza di quindici anni e di centosettanta chilometri, ho rivisto nella sua nuova casa di Genova l'orologio nero con i disegni giapponesi che scandiva le ore delle nostre lezioni, gli occhi mi si sono improvvisamente gonfiati di lacrime e ho definitivamente realizzato che quelle lezioni di canto sono state preziose per la mia vita e per il mio cuore.

Grazie maestra Shuko, ti voglio bene.

# あとがき

三年のつもりでイタリアに来て五十年が過ぎてしまいました。半世紀。ベルカント唱法を求めて右往左往している私。何度も日本に帰ろうと思いながら状況に流され、この地で仕事をし結婚もして、骨もイタリアに埋めるか日本に埋めるか不決断のまま、イタリアに横たわっている歌の歴史の中を止めどなくさまよっている……が、現在の私です。

生きるということは素晴らしい。春の新緑、緑の小道を歩いていると幸せを感じます。しかし、その裏にはたくさんの難問をも抱えている。一つ一つ解決しなければなりません。全て生きているから難問も湧いてくるのです。根気よく乗り越えて自分の道を歩んでいくと、目の前に光が見えてきます。

二十一世紀。戦争のない平和な世界を望んできたにも関わらず、再び戦争の火が燃え上がっています。大切な命が自分の意思によらずに失われています。人間皆兄妹、世界中の人が手をつないで歩める日を望みつつ、人間の作ったこの世界を信じていきたいものです。

還元という言葉がこの本を書くきっかけになりました。私が受けたものを次の人に渡してゆく。歌の心、そしてベルカント唱法の魅力。ささやかな気持ちをくんでいただけると嬉しいです。

二〇二四年三月、日本滞在を終えてイタリアに戻った時、ビアンカがベローナの劇場で歌ったカンピエッロのオペラ収録の一部を送ってきました。デビューしてから十五年を経てたどり着いたビアンカの境地です。

「今まで分かっていてもできなかったことが、まだまだ完璧ではありませんができるようになりました。声は楽に出て疲れを知らず、ボリューム、柔軟性、丸み等々、思うように表現できるのです」

彼女の言葉は、この本で私が言いたいことの全てです。

## 著者プロフィール

**高橋 修子**（たかはし しゅうこ）

長野県出身
国立音楽大学声楽科（柳兼子師事）
ミラノ音楽院卒業
イタリア放送協会合唱団
イタリアをはじめヨーロッパ各地でオペラ、オペレッタ、コンサートに出演
ミラノ音楽院夜間コースで教鞭をとる

**ベルカントと私** イタリアでの半生

2024年6月15日　初版第1刷発行

著　者　高橋 修子
発行者　瓜谷 綱延
発行所　株式会社文芸社
〒160-0022　東京都新宿区新宿1－10－1
電話　03-5369-3060（代表）
03-5369-2299（販売）

印刷所　株式会社フクイン


ISBN978-4-286-25159-2